Né en 1960, ***Jean-Luc Fabre*** *est l'auteur de* L'Été des Fontanilles, *paru chez Pygmalion en 2003. Il parvient à insuffler au* Colporteur des âmes *le caractère romanesque et l'amour de la terre qui ont fait le succès de son premier roman.*

Le Colporteur des âmes

Du même auteur

L'Été des Fontanilles, Pygmalion, 2003.

Imprimé en France en septembre 2008
Dépôt légal : octobre 2008
ISBN : 978-2-84494-796-3
ISSN : 1769-1788

Jean-Luc Fabre

Le Colporteur des âmes

De Borée

Avertissement

Les références historiques qui étayent le texte sont notamment extraites du site Internet du « Service historique de la Défense ».

Toute ressemblance dans cette fiction, avec des personnages existant ou ayant existé, ne pourrait être qu'une simple coïncidence.

Remerciements

Je dédie ce livre à toutes celles et ceux qui, par leur accueil et leur chaleur, ont su faire des Cévennes un paradis à mes yeux d'enfant.

« Et je l'attends de tout mon cœur,
le colporteur... »

(phrase populaire du XIXe siècle)

Avant-propos

La France rurale du début du XXe siècle vit sans le savoir la fin d'une époque et s'apprête à basculer dans une autre.

La révolution industrielle, qui a déjà transformé la plupart des villes d'Europe au cours des décennies précédentes, n'a pas encore vraiment pénétré les campagnes, qui vivent une relative prospérité, au rythme des temps anciens.

Des mutations considérables sont sur le point de se produire, mais elles ne concernent encore que très peu les régions de montagne, qui conservent toutes leurs traditions, leur art de vivre et leurs métiers, parfois ancestraux.

Des métiers vont disparaître, une guerre va arriver…

À l'époque, on se déplace encore peu et il n'est pas rare de ne jamais avoir vu la mer où même de n'être jamais sorti de sa vallée. Dans ces conditions, il est une personne particulièrement importante, qui voyage pour les autres et qui ne manque jamais de susciter la curiosité partout où elle passe, par ce qu'elle apporte dans les mas et les villages, c'est le colporteur, appelé aussi « mercier » ou « porte-balle ».

Petit métier par excellence, dont l'origine se perd dans la nuit des temps, cette activité a toutefois connu un développement important avec la petite glaciation du XVIIe *siècle. En effet, à cette époque, un refroidissement sensible du climat dans les régions françaises les plus exposées (Auvergne, Savoie, Dauphiné, Pyrénées...) réduit le rendement des cultures céréalières de base (seigle, blé...) et conduit donc à étendre les surfaces cultivées, ce qui réduit d'autant les pâturages disponibles et pousse à la misère toute une foule de « pâtres sans terres », qui vont devoir gagner désormais leur vie par d'autres moyens.*

À l'origine, le terme de colporteur était normalement réservé à ces marchands ambulants improvisés, qui faisaient l'acquisition de quelques menus biens par la vente de leurs bêtes et se lançaient ainsi sur les chemins, portant leur maigre marchandise sur le dos, dans une balle[1] *en bois (d'ou le terme de « déballer ») et qui la présentaient aux acheteurs sur une sorte de plateau qu'ils portaient devant la*

1. *Balle : sorte de sac à dos rigide.*

poitrine, accroché derrière leur cou par une sangle en cuir (col-porteur : celui qui porte autour du col). Puis, avec le temps, ce terme est passé dans le langage commun et a fini par désigner toutes les personnes pratiquant un commerce ambulant matériel (mercerie, lunetterie…) ou immatériel (contes, histoires…).

La réputation du colporteur n'est généralement pas très bonne, car nombre d'entre eux vivent de petites escroqueries, vendant souvent au cours de leur unique passage de mauvais ersatz pour des produits aux propriétés miraculeuses et écornant ainsi considérablement l'image de la profession. Certains préfèrent toutefois se cantonner à un territoire, à une tournée, et s'attachent ainsi une clientèle fidèle, qui n'hésite pas à passer commande. Dans certaines régions, ils seront surnommés avec mépris les « gagne-petit » ou encore les « Jean Misère », et des expressions populaires telles que « tuer un mercier pour un peigne » dénotent également à quel point ils sont tenus pour de petites gens.

Le colporteur n'a également pas très bonne presse auprès des autorités, depuis qu'il a, à de grandes occasions historiques, été le vecteur efficace de littératures subversives (bibles pendant la Réforme, « mazarinades » sous l'Ancien Régime…). Ainsi, depuis 1728, la loi le punit du carcan et des galères pour ce délit et lui impose surtout de savoir lire pour pratiquer son métier, afin de ne pouvoir avancer cette excuse s'il est pris en possession de documents interdits.

Le début du XXe siècle, avec le développement des transports, viendra sonner le glas de la profession : désormais, ce sont les acheteurs qui se déplaceront. Mais nombre d'entre eux sauront se reconvertir. La plupart ne feront que modifier leur façon de faire en devenant marchands forains sur les marchés locaux. Les plus ambitieux et les plus fortunés ouvriront des magasins, notamment dans le domaine de la confection, avec des réussites parfois éclatantes, comme Xavier Ruel, qui fondera à Paris le Bazar de l'Hôtel de Ville.

Couvant depuis quelques années déjà, le conflit éclate au grand jour avec la mobilisation du 1er août 1914, qui se déroule avec enthousiasme dans un grand élan populaire.

Les cas d'insoumission sont d'abord relativement peu nombreux, représentant un peu moins de deux appelés sur cent. En revanche, ils sont le plus souvent très symboliques et sont le fait de « figures » locales, dont les tribulations marqueront les mémoires.

Tous ces insoumis n'ont que deux solutions : soit fuir vers une nouvelle vie difficile dans les pays frontaliers, en particulier la Suisse et l'Espagne ; soit venir se terrer, le plus souvent dans leur région d'origine, et entrer pour de longs mois dans la clandestinité, poursuivis par les gendarmes à qui l'on octroie des primes conséquentes pour leur capture.

Composée de militaires de métier, cette gendarmerie n'est pas au front, comme tous les autres hommes du pays, et va progressivement susciter à son égard l'hostilité de la population, qui prendra l'habitude de dire que : « le front s'arrête où l'on rencontre le premier gendarme ».

À l'idéalisme des premières insoumissions, plutôt le fait d'individualités pacifistes, qui cherchent avant tout à fuir, vont succéder des désertions motivées par le rejet viscéral de l'horreur de la guerre. Petit à petit, les rangs des déserteurs vont grossir et surtout se composer d'individus formés au combat dans les tranchées, psychologiquement éprouvés, possédant le plus souvent des armes de guerre qu'ils ont emportées dans leur fuite et n'ayant plus rien à perdre. C'est alors que les arrestations vont commencer à devenir systématiquement violentes et conduire dans la plupart des cas à la mort de l'un des protagonistes. La prime de vingt-cinq francs, allouée avant même le début de la guerre pour l'arrestation de chaque insoumis, devient alors bien dérisoire.

À la fin de la guerre, la Gendarmerie nationale reconnaîtra que la traque des insoumis, qui lui aura coûté plusieurs dizaines de morts, aura été sa mission la plus difficile à mener pendant les années de conflit…

I

Antonin le colporteur

Voilà des mouchoirs, des lunettes, des esgrangeoirs, des épingles, des aiguillettes, des peignoirs de buis, des beaux fuseaux, des beaux couteaux, de l'encre, du papier, des plumes, des canivets, des tranche-plumes, des torche-culs, des cure-dents, des coupe-bourse, des pendants, des almanachs, des clystères, des fils, des fuseaux, des quenouilles, des rets, des lapins, des andouilles…

La « chanson » du colporteur au XIXe siècle

Mont Liron, dans l'après-midi du mercredi 27 août 1913...

JUSTE APRÈS L'AVERSE, le ciel d'été lavé des nuées poussiéreuses retrouvait sa profondeur, tandis que les branches pendantes des hêtres s'égouttaient mollement en couchant les hautes herbes bordant le sentier.

Sans hâte, Antonin le colporteur suivit du regard les nuages sombres qui filaient rapidement par-dessus la crête du mont Liron et étira en grimaçant ses articulations endolories. Voilà maintenant presque une heure que, recroquevillé sous la ramure, il attendait patiemment la fin de cet orage venu ponctuer la fin d'un mois d'août bien trop chaud et marquer peut-être le tournant de l'été.

À quelques pas de lui, sa jument ruisselante patientait immobile, attachée à une charrette emplie jusqu'au bord des ridelles d'un charbon de bois dont les pépites d'un noir étincelant jetaient leurs éclats vers le gris plombé du ciel encore menaçant.

Une fois de plus, il était monté jusqu'au sommet du mont Liron, forteresse de granit aux formes arrondies, épaule géante des Cévennes, que le mont Aigoual dominait d'une tête seulement. Massif discret et sauvage, lande d'altitude et forêt profonde battues par les vents, que les grands chemins cévenols contournaient avec respect, à l'exception de la draille millénaire qui le traversait en son cœur et qui, à chaque fin de printemps, dessinait sur sa croupe un long ruban laineux, piqué de centaines de pompons colorés et serpentant au rythme des ding-dong moutonniers.

C'est là qu'il venait chaque année, à la rencontre des charbonniers qui, l'été durant, y fabriquaient le précieux combustible. Vivant dans les bois tant que duraient les beaux jours, ils s'en trouvaient chassés par les premières pluies glaciales de l'automne et le brouillard qui effaçait la montagne du paysage cévenol dès la fin du mois de septembre. Travailleurs journaliers sans cesse en quête d'embauche, ils descendaient alors dans la plaine languedocienne pour louer leurs bras aux travaux d'automne des grands domaines viticoles, ne laissant derrière eux que quelques clairières noircies et leurs abris sordides, bientôt effondrés sous le poids de la neige.

Comme à l'accoutumée, après une âpre discussion avec eux, Antonin avait fini par obtenir, pour un prix qui lui convenait, un chargement pour sa charrette et s'apprêtait maintenant à redescendre ce charbon jusqu'à Ganges, où il le revendrait un bon prix, pour alimenter les poêles des maisons bourgeoises de la ville pendant l'hiver.

Sa vie de colporteur l'avait depuis toujours habitué à ces périples réguliers, au cours desquels il charroyait, d'un endroit à l'autre, toutes sortes de choses au gré des modes et des saisons. Depuis trois ans maintenant, il s'était installé à Ganges, la ville la plus proche, au pied des Cévennes. Avec sa charrette de colporteur, remplie de marchandises, il remontait alors l'une des deux vallées cévenoles qui constituaient son domaine : soit celle du pont d'Hérault et de Valleraugue butant sur les pentes abruptes du mont Aigoual, chaque première semaine du mois, soit celle du Rieutord conduisant à Sumène, Saint-Martial et au mont Liron, chaque troisième semaine du mois. Ce rythme immuable lui laissait, entre deux tournées, le loisir d'acheter la marchandise à colporter la semaine suivante et de revendre les produits de saison comme les fromages, les châtaignes ou les oignons redescendus dans sa charrette, depuis le haut des vallées cévenoles.

Il tenait ainsi marché à lui tout seul, sur la place des villages ou des hameaux traversés, vendant tout ce qui lui avait été commandé le mois précédent, ainsi que toute une brocante à chaque fois renouvelée : lunettes, tissus, outils, ustensiles, quincaillerie, livres et autres marchandises qu'il était le seul à pouvoir procurer à tous ceux qui ne se rendaient jamais ou presque en ville, perpétuellement affairés aux travaux des champs ou à la conduite des troupeaux.

Parfois, il tenait lieu également de messager, pour les bonnes nouvelles, mais aussi pour les moins bonnes, ou encore celles que l'on ne voulait pas annoncer soi-même, et son petit commerce devenait alors le prétexte au règlement d'histoires de famille ou d'argent, auxquelles il se trouvait mêlé bien malgré lui… De fait, il était de loin le mieux informé sur ce qui se passait dans ces deux vallées, car au fond tout le monde lui parlait, se confiait à lui, par-delà les rancœurs et les fâcheries qui divisaient les uns et les autres en clans plus ou moins établis, gardant jalousement leurs secrets. Quelquefois, son avis était sollicité et même très écouté, car il représentait aux yeux de beaucoup celui qui, par son métier et ses voyages incessants, possédait l'ouverture d'esprit qui pouvait apporter des solutions qui n'étaient pas imaginées sur place. Loin d'éviter ces médiations, Antonin leur consacrait une bonne partie de son temps et prenait un réel plaisir à jouer sans cesse les intermédiaires, ce qui, loin de nuire à ses affaires, les arrangeait plutôt, pour peu qu'il sache habilement se cantonner à une neutralité bienveillante.

Antonin appréciait tout particulièrement les semaines où il se déplaçait durant le printemps et l'été jusqu'à Saint-Martial, car il en profitait, une fois marché tenu, pour dormir sur place et monter le lendemain jusqu'au mont Liron. Ces « journées de charbon », comme il les appelait, se terminaient sans exception à l'auberge du village, par un solide souper bien mérité, auquel venait le plus souvent se joindre Abel, le cafetier de Saint-Martial. C'était là, une fois par mois, l'occasion de passer un bon moment entre amis, devant une table bien garnie, tout en faisant défiler des verres et en concluant de nouvelles affaires pour la fois suivante.

Mais pour l'heure, c'étaient d'abord trois bonnes heures de descente qui l'attendaient : le temps nécessaire avec son chargement pour relier les dernières pentes du mont Liron au village de Saint-Martial. Nonchalamment, il se releva, étira ses membres engourdis et profita de l'accalmie pour pousser sa bête, titubante sous la charge, sur le chemin caillouteux qui s'amorçait à flanc de montagne. À partir de là, son esprit tout entier se fixa sur la soirée qui allait suivre. La jument clopinait maintenant péniblement entre les cailloux arrondis du chemin, recherchant à chaque pas un espace dégagé où poser sans risque un sabot rendu maladroit par la lourde charge, qui la poussait sans cesse dans la pente. À intervalles réguliers, le bruit d'une pierre roulant sous son pas lourd le tirait brièvement de sa rêverie et lui arrachait un juron aussitôt englouti par la pente herbeuse.

À peine avait-il ainsi franchi le premier épaulement du relief arrondi que son regard fut attiré par la longue silhouette d'un homme jeune, qui se dirigeait rapidement vers lui, à travers les touffes de genêts. Stoppant l'attelage, il le regarda d'abord s'approcher d'un air intrigué, puis reconnut rapidement l'un des charbonniers, avec qui il venait de faire affaire : le plus jeune d'entre eux, qui avait dû guetter son départ. D'emblée, Antonin avait remarqué sa silhouette svelte, contrastant avec celle beaucoup plus trapue des autres charbonniers, et surtout il avait noté qu'il s'était immédiatement effacé lors de la discussion du prix, comme si cela ne le concernait pas vraiment. Avec une voix un peu hésitante, presque timide, celui-ci l'aborda :

« Holà ! colporteur, j'aurais besoin de ton service…

– Et que te faut-il donc ?

– Si tu le veux bien, que tu me serves de facteur pour porter une lettre jusqu'à Ganges. Tu seras largement payé de ta peine par le destinataire dont l'adresse est inscrite sur l'enveloppe, je te le garantis. Acceptes-tu ?

– Oui, bien sûr, répondit-il sur-le-champ, comme par réflexe.

– Tu auras juste à la remettre à l'adresse indiquée et l'on saura de qui elle vient. Je te remercie et je te souhaite une bonne route de retour avec ton chargement. Adieu.

– Adieu. »

À peine eut-il tourné le dos qu'Antonin regarda machinalement le nom du destinataire sur l'enveloppe.

Il était écrit d'une belle écriture stylée, fine et virevoltante, comme il en avait rarement vu :

Mademoiselle Mélanie Estournet,
Rue Nouzeran-Chevas,
GANGES

À la vue de ce nom il sursauta, tant il savait qu'il s'agissait là d'une grande famille de la bourgeoisie protestante gangeoise, aujourd'hui certes quelque peu rentrée dans le rang, mais qui avait autrefois amassé une fortune considérable, dans le négoce de la soie. Les dernières décennies avaient passablement érodé le patrimoine familial, mais le nom était toujours resté un symbole. D'ailleurs, par tradition familiale, le luxe n'avait jamais été ostentatoire, remplacé plutôt par une notabilité et une influence permanentes dans la vie politique de la cité gangeoise. Ainsi, le père de Mélanie Estournet siégeait au conseil municipal depuis de nombreuses années et envisageait à présent un mandat de maire.

Bien entendu, tout cela ne faisait absolument pas partie du monde d'Antonin, mais ce qui l'amusa, c'est qu'en revanche il connaissait bien celle qui, depuis des années, était la servante de la maison Estournet. Une certaine Jeanne Andrieu, « la Jeanne » comme il l'appelait dédaigneusement. Ils se connaissaient bien pour avoir partagé, lors d'un bal de 14-Juillet deux ans plus tôt, une amourette d'un soir très charnelle et bien vite fanée et à laquelle il avait mis un terme brutal et sans appel. D'un naturel revêche, Jeanne lui vouait depuis une rancune tenace et, si malgracieuse qu'elle fût avec tout un chacun, elle s'attachait à l'être encore plus à son égard, à chaque fois qu'elle le croisait en ville.

Il s'amusa donc par avance à l'idée de lui remettre le pli que l'on venait de lui confier pour sa maîtresse, tout en entretenant un grand mystère autour de celui-ci, juste pour exciter sa curiosité maladive et son penchant inné pour les ragots. Cette perspective le fit sourire par avance, mais, pour l'heure, il se contenta de glisser l'enveloppe dans la poche intérieure de son veston et poussa sa bête d'un coup de baguette, alors que le chemin commençait à s'élargir, serpentant maintenant au milieu des bruyères, qui annonçaient une arrivée prochaine sur les premiers traversiers cultivés.

Encore une petite demi-heure, et une absinthe bien fraîche projetterait ses éclats d'émeraude autour d'un verre, qu'il lèverait bien volontiers à la fin de cette épuisante, mais bien belle journée. Au travers de la ramure d'un châtaignier, il aperçut enfin les toits du village, lovés autour du piton rocheux telle une couleuvre se dorant dans la lumière du soir. Le plus allongé d'entre eux, celui du café, couvrant d'un seul tenant dans une courbe douce la longue bâtisse qui dominait la place du village.

Abel, le cafetier, était pour l'heure occupé à balayer les nombreuses feuilles mortes que la violence de l'averse avait arrachées aux platanes et collées aux dalles de terre cuite de la terrasse. Le temps pressait, car il savait qu'Antonin ne tarderait plus à descendre du Liron avec son chargement et que, dès qu'il serait là, commencerait une soirée animée. Ce serait également l'heure où la plupart des hommes du village viendraient, avant ou après souper, prendre le frais sur la terrasse, rouler quelques cigarettes et lever quelques verres à l'occasion du passage de celui qu'ici tout le monde surnommait le « Batarel[1] ».

Même s'ils avaient des opinions très différentes sur bien des choses, Antonin et Abel partageaient tout de même une belle complicité, en grande partie due à leurs rencontres régulières lors des tournées d'Antonin à Saint-Martial, mais aussi au fait qu'ils étaient tous deux célibataires, partageant une solitude commune parfois pesante. Ils avaient aussi le même âge, une cinquantaine fraîchement entamée, et leur mode de vie un peu bohème, qui ne leur avait jamais permis de trouver, ou du moins de conserver, une âme sœur, dont ils considéraient tous deux qu'elle ne viendrait plus désormais. Pour Abel, cela signifiait que la vie du café représentait tout et que, dans ce décor, Antonin était devenu une sorte de

1. *Batarel : bateleur, personne parlant plus que de raison, raconteur d'histoires.*

parent d'adoption, de cousin de passage, de confident.

C'est à ce moment-là qu'Abel entendit le bruit régulier des fers de la jument, claquant sèchement sur les pavés de la place et annonçant l'arrivée imminente d'Antonin. Quelques instants plus tard, attablé à la terrasse devant son absinthe tant espérée, ce dernier profitait de la fraîcheur naissante de la fin d'après-midi et conversait tour à tour avec tous les hommes du village qui défilaient au café pour l'occasion. Sur un petit carnet relié, posé devant lui, il notait de temps à autre des commandes de babioles qu'il rapporterait lors de son prochain passage. Tranquillement, il attendait l'heure à laquelle Abel l'inviterait à prendre place à table, pour son repas.

En cette fin du mois d'août 1913, à Saint-Martial, comme ailleurs en France, les conversations tournaient presque toutes autour de la même chose : le vote, le 7 août, de la loi Barthou, portant la durée du service militaire de deux à trois ans, pour faire face aux classes allemandes qui représentaient 850 000 hommes, contre seulement 540 000 pour la France. « Au cas où », comme disaient les députés, lorsqu'ils devaient justifier cette décision. Depuis l'élection du président Raymond Poincaré au mois de janvier, ce projet de loi avait mobilisé contre lui des forces considérables dans toutes les villes et les campagnes de France. Le point d'orgue avait été atteint le 25 mai, avec la gigantesque manifestation pacifiste du Pré-Saint-Gervais, près de Paris, à laquelle avaient pris part plus de 150 000 personnes et où Jean Jaurès lui-même avait prononcé un discours historique. Mais rien n'y avait fait et la terrible loi venait d'être votée, voilà moins d'un mois.

Tendant l'oreille aux conversations des tables voisines, Antonin sentait distinctement la colère monter chez les plus anciens et le découragement poindre chez les plus jeunes, concernés au premier chef. Cette sinistre mesure, chargée de funestes prémonitions, mettait à mal nombre de projets personnels ou familiaux. Dans l'une ou l'autre des familles du village, cela remettait en cause un mariage ou un projet d'agrandissement pour le mas, car, sans se l'avouer, tout un chacun sentait bien que cette loi annonçait des lendemains difficiles et ne poussait guère à l'optimisme pour entreprendre. Pour le moins, c'étaient bon nombre de jeunes bras sur lesquels on ne pourrait plus compter pour creuser les sillons, faire vivre et produire cette terre cévenole parvenue à son apogée et qui nourrissait plus d'habitants que jamais. Cette terre rude et pourtant convoitée comme jamais en ce début de siècle, où chaque recoin de la montagne, chaque *traversier*[1], chaque sous-bois et surtout chaque ruisseau était partagé au plus juste. Au pire, on avait déjà assisté dans certains mas à des mutilations volontaires de la part de jeunes appelés, cherchant à échapper à

1. *Traversier : culture en terrasses.*

un départ imminent et restant par la suite estropiés et marqués à vie par ce geste.

Un peu lassé à la fin par ce sujet qui monopolisait les conversations et éteignait un à un les rires du soir sous les platanes, Antonin s'empressa de suivre Abel lorsque celui-ci l'invita à rentrer pour passer à table. Sur le pas de la porte, il fut accueilli par une bouffée de fraîcheur montant du dallage sombre de la pièce, ainsi que par l'odeur à la fois forte et délicate d'une viande longuement mijotée. Écartant le rideau de perles de bois noircies et écarquillant les yeux pour les accoutumer à la pénombre, il se dirigea d'emblée vers le coin de la pièce où une table ronde, toujours la même, lui était traditionnellement réservée.

À peine calé dans sa chaise, il vit atterrir devant son nez une omelette qu'Abel lui présenta fièrement, en faisant lentement tourner l'assiette sous son nez. Une omelette dorée à souhait laissait à peine entrevoir le jaune de l'œuf, sous les lanières d'oignon finement entremêlées et mouchetées par l'éclat vert vif d'un persil charnu :

« Pour commencer, tu vas me goûter les premières *cèbes*[1] de l'année. Elles étaient encore plantées dans leur traversier cet après-midi. Regarde-moi ça, dorées à point !

– Tu sais, reprit Antonin ému à la vue de son assiette, les premières cèbes de l'année, ça me fait

1. *Cèbes : oignons doux des Cévennes.*

toujours quelque chose de les goûter. C'est un moment important parce qu'on peut y prévoir ce que sera l'hiver, et donc ce que j'aurai à endurer sur les chemins car, comme on dit : "Oignon bien habillé verra fortes gelées." Et cette année, ajouta-t-il avec un regard réellement inquiet, je crois que c'est un drôle d'hiver qui nous attend.

– Allez, mange, tu vas finir par nous *porter la masque*[1] avec tes raisonnements ! », s'exclama-t-il réellement inquiet.

Sans plus attendre, Antonin s'attaqua à son assiette et tailla en silence quelques jolis morceaux, qu'il accompagna de grosses croûtes de pain, avant de relever la tête et de signifier à Abel, d'un simple hochement de tête, que cette année encore ses cèbes étaient en tous points dignes de leur réputation. Une fois l'assiette vidée de son contenu, Abel, toujours debout devant la table, finit par lâcher :

« Et donc, tu m'en prends combien demain matin ?

– Cinq sacs de vingt kilos. Je ne peux pas plus, j'ai déjà trop chargé la charrette avec le charbon.

– Bon, d'accord. Et la prochaine fois que tu remonteras, tu reviendras avec des commandes ?

– Oui, oui. Peut-être, même que si j'en ai pour trois cents kilos je ferai un voyage exprès. »

1. *Porter la masque : porter malheur.*

Satisfait de la réponse, Abel débarrassa l'assiette vide et se dirigea à pas lents vers la cuisine. Il en ressortit presque aussitôt, tenant, à l'aide d'un torchon, les deux poignées d'un faitout qui lui projetait au visage un panache de fumée odorante.

Avec un air particulièrement sérieux, il le déposa devant Antonin et annonça d'une voix cérémonieuse :

« Ce lièvre-là, tu vois Antonin, je l'ai tué à la fin de la semaine dernière au col de l'Asclier. Il est resté trois jours dans la cave et deux jours de plus dans la marinade. Autant te dire qu'avec cette chaleur il était temps que tu arrives et, si tu le permets, pour l'occasion, je vais le manger avec toi, ajouta-t-il en déposant une assiette creuse devant chacun ; parce que le civet, je ne peux pas te le laisser manger seul. »

Après avoir adressé un rapide clin d'œil entendu à son ami, Antonin s'absorba dans l'observation minutieuse du contenu du faitout, tous sens en éveil, et ce n'est qu'après une longue minute d'immobilité partagée qu'Abel prit l'initiative de briser cette fascination quasi religieuse en les servant copieusement.

Interrompue pendant tout le temps de la dégustation, la conversation ne reprit d'ailleurs que lorsque, après s'être soigneusement léché les doigts luisants de sauce, Antonin et Abel s'essuyèrent les mains sur leurs serviettes immaculées, les parsemant aussitôt de larges auréoles brunâtres :

« Tu as raison, Abel, rien ne vaut un civet de lièvre pour fêter la fin des grosses chaleurs de l'été, et pour un beau lièvre, c'était un beau lièvre !

– Oui, tu as raison, mais pour autant ça ne fait pas oublier les soucis du moment.

– Tiens, voilà justement les autorités, railla-t-il en voyant arriver le facteur et le garde champêtre ; si tu as assez mangé comme ça, on va pouvoir attaquer la belote.

– Ça va comme ça, encore un peu plus et je ne pourrai plus dormir cette nuit.

– Tu es vraiment sûr ? Même pas un petit *pélardon*[1] ?

– Non merci, ce n'est pas la saison, apporte plutôt les cartes et le tapis. »

Un instant, il se demanda s'il allait leur parler de l'anecdote de la lettre remise par le charbonnier du Liron, puis il se ravisa rapidement, sans très bien savoir pourquoi, et préféra attaquer, bon enfant, en leur tendant la main lorsqu'ils s'assirent à la table :

« Eh bien ! au moins, tous les deux, si on a la guerre, vous pourrez rester tranquillement au chaud à la maison.

– Et pourquoi ? interrogea le garde champêtre, un gros homme à l'air ahuri, empestant la transpiration rance et roulant deux gros yeux ronds plantés comme des billes de chaque côté d'un visage poupin sans expression.

---

1. *Pélardon : fromage de chèvre.*

– Parce que, si tous les hommes partent, qui tu veux qu'il reste pour braconner ? » railla Antonin en jouant du coude avec Abel, qui s'esclaffa aussitôt.

Incapable de faire jaillir une réponse de son esprit opaque, le garde champêtre jeta sa casquette sur la table en grommelant, l'air exaspéré, et posa sans ménagement son énorme postérieur crasseux, qui dépassait de toutes parts de la chaise :

« Et moi, reprit le facteur, un petit homme osseux à la moustache fine et au regard rusé ; pourquoi tu voudrais que je reste à la maison ?

– Tout simplement parce que la guerre te transformerait en oiseau de mauvais augure et que tu serais craint comme la peste, en portant de mas en mas des nouvelles terribles.

– Ah ! mais tais-toi, tu me fais froid dans le dos avec ça, répliqua-t-il réellement inquiet.

– En tout cas, au train où vont les choses, tu peux t'y attendre pour dans pas longtemps.

– Écoute, je le sais mieux que toi, il n'y a qu'à voir la tête des gens dans les mas quand je leur apporte les papiers pour partir au service militaire, c'est tout juste si certains ne me mettent pas à la porte. Pourtant je n'y suis pour rien !

– Et encore, partir, même pour trois ans, ce n'est rien par rapport à ne pas revenir !

– Allez, ne me parle plus de ça, sinon, tu peux prendre ta mule et retourner sur les chemins. On n'est pas venus ce soir pour entendre tes raisonnements.

Distribue les cartes et fous-nous la paix avec tout ça. »

Éclusant cul sec un premier verre de vin, comme pour mieux se plonger dans l'ambiance, le garde champêtre ramassa aussitôt les cartes qu'Antonin venait de jeter devant lui et tenta aussitôt de les classer au prix d'un effort mental qui transparaissait très nettement sur son visage obtus. Comme à son habitude, le facteur fit de même avec ses longs doigts fins et les classa pour sa part avec la dextérité d'un prestidigitateur, le regard impavide. Antonin et Abel, quant à eux, échangèrent tout de suite une œillade complice, envisageant déjà une combinaison muette de jeu à deux, qui allait probablement laisser une fois de plus leurs adversaires sans défense.

Quelques minutes plus tard, le carré enfin reformé s'activait autour d'une partie qui s'annonçait acharnée et les conduirait jusque tard dans la soirée en leur épargnant les soucis du moment.

II

Mlle Estournet

Le destin, pour frapper, revêt souvent son déguisement le plus ordinaire, son costume de tous les jours.

Jean SIMARD

Vallée du Rieutord, matinée du jeudi 28 août 1913...

PARTI DEPUIS LA POINTE du jour et cheminant maintenant sous une chaleur devenue à nouveau écrasante, Antonin suivait paresseusement la route poussiéreuse qui le ramenait à Ganges, flanqué d'un impressionnant chargement.

Comme à l'accoutumée, il se reprochait, mais trop tard, d'avoir bien trop chargé son attelage et essayait à présent d'arriver à bon port, malgré les signes évidents de fatigue que manifestait sa jument. Celle-ci semblait avoir de plus en plus de mal à maîtriser à chaque pas le poids de la charrette et le ballant provoqué par les sacs d'oignons et la bimbeloterie invendue, posés par-dessus la cargaison de charbon.

Après avoir dépassé le village de Sumène et fait le plein d'une eau bien fraîche à la fontaine communale, il s'engagea dans les gorges calcaires de la vallée du Rieutord, qui conduisaient à Ganges et la chaleur devint alors tout à fait insupportable. Un ciel laiteux bouchait l'horizon du canyon poussiéreux, à l'intérieur duquel le chant des cigales s'emballait à intervalles réguliers. Le paysage minéral était saisissant et l'immobilité absolue du lieu rendait encore plus anachronique la présence de l'étrange équipage claudiquant lentement dans l'immensité. Ce n'est qu'après presque deux heures d'un véritable supplice, guettant chaque détour de la vallée, qu'Antonin finit enfin par entrevoir avec soulagement les premières maisons de Ganges, nageant dans la brume bleutée de la fin de l'après-midi.

Sa maison, ou plutôt celle qu'il occupait, était située sur les hauteurs du bourg, au bord de la route conduisant à Saint-Hippolyte-du-Fort et à Nîmes, juste en contrebas du couvent des Dominicaines, qui étirait vers le ciel la flèche noire et élancée de son clocher, tel un doigt géant semblant crever le ciel. Il s'agissait d'une maison qui faisait l'objet d'une succession donnant lieu à une véritable guerre familiale, opposant des héritiers habitant la ville de Ganges et souhaitant la conserver et d'autres, partis vivre à Paris depuis plusieurs dizaines d'années, et souhaitant la vendre. L'affaire, confiée à un notaire local, s'était envenimée et n'avançait plus depuis bien longtemps. Antonin, peu de temps après son arrivée, avait eu vent de cette histoire, en traînant en ville pour installer ses affaires. De fil en aiguille, grâce à son bagou, il avait rapidement convaincu le notaire de proposer aux deux parties opposées un arrangement à l'amiable, qui consistait à le laisser occuper la maison à titre précaire, provisoirement, en attendant que ne se règle la succession. En échange d'un loyer modique, il occupait les lieux, s'engageant en outre à en assurer l'entretien et surtout à exploiter le grand terrain attenant dans des conditions avantageuses, à savoir deux tiers de la récolte pour lui, un tiers pour les propriétaires. Cette situation satisfaisait d'ailleurs tout le monde, car elle lui permettait, entre ses tournées, de disposer d'un toit, si modeste soit-il, et de pouvoir gagner quelque sous. Elle permettait également aux propriétaires de s'assurer que leur bien était entretenu et qu'il rapportait même un peu, en attendant que l'interminable guerre de succession ne prenne fin. Quant au notaire, il bénéficiait régulièrement des largesses d'Antonin qui ne manquait jamais, à chaque retour de l'une de ses tournées, de lui rapporter quelque petite attention en provenance des montagnes, que ce soit un pot de miel, un sac de charbon ou bien encore un long rouleau de pélardons. Depuis maintenant trois ans, il avait ainsi trouvé une certaine stabilité, prêt à déménager au cas, tout de même très improbable, où la succession viendrait à se régler subitement du jour au lendemain. Cela lui permettait tout simplement de jouir d'un certain confort, sans renoncer pour autant à son esprit vagabond.

La maison possédait un minuscule corps d'habitation, mais disposait en revanche d'un très grand terrain s'étalant sur trois niveaux, bien exposé au sud. Deux d'entre eux étaient réservés à une vieille vigne conduite en treille, parsemée d'arbres fruitiers et produisant un vin qu'Antonin vendait avec profit un peu partout dans Ganges. Le troisième portait un vaste jardin potager particulièrement soigné, qui produisait généreusement des légumes variés, qu'il vendait en quasi-totalité au couvent voisin. La maison possédait également, donnant directement sur la route poussiéreuse, une sorte d'immense remise, à l'intérieur de laquelle il entassait toute la marchandise nécessaire à son commerce ainsi que sa charrette. Il y logeait même sa jument, qui disposait là d'un coin aménagé avec une litière et une grande mangeoire.

C'est au moment où la chaleur commençait enfin à céder un peu de terrain qu'Antonin batailla un long moment pour pouvoir ouvrir l'énorme cadenas rouillé qui condamnait la porte de la remise. Après y être enfin parvenu, il put y faire pénétrer sa jument qui, dans un ultime coup de reins, hissa la charrette sur le sol en terre battue. Avec des gestes presque maternels, il entreprit alors de la dételer, avant de la bouchonner longuement et de l'installer aussi confortablement que possible devant sa mangeoire, pleine à ras bord d'un foin odorant, encore piqué de petits coquelicots de printemps séchés. Malgré la fatigue, il ne put résister au plaisir de la regarder longuement, avant de se résoudre à monter dans sa maison pour s'accorder enfin un repos bien mérité.

Pour commencer, dans la pénombre de la cuisine, il piocha l'enveloppe remise par l'inconnu du Liron dans la poche intérieure de son veston et, regardant encore une fois avec une sorte de fascination les volutes de l'écriture sur l'enveloppe, il la posa délicatement sur le plateau vernis de la table, puis sortit se rafraîchir le visage à la margelle du puits. Ensuite, après avoir parcouru les allées de son jardin potager et constatant avec plaisir qu'en son absence un grand nombre de légumes étaient arrivés à maturité, il rentra s'attabler.

Saisissant dans sa musette un gros oignon frais et deux pélardons, il se mit à table, commençant par se servir un verre de *clinton*[1] bien frais, qu'il éclusa d'un seul coup, et terminant sa dégustation par un claquement de langue satisfait. Puis épluchant l'oignon avec une étonnante dextérité de ses gros doigts calleux, il en coupa une fine tranche, qu'il posa sur une tranche de pain gris. Ensuite, il coupa le pélardon en deux dans le sens de l'épaisseur et le déposa à son tour délicatement sur la tranche d'oignon. Enfin, il enfourna le tout dans sa bouche, tranchant de ses dents jaunies la tartine juteuse qui lui projeta quelques gouttes dans l'œil, le faisant cligner maladroitement des paupières. Mastiquant lentement, les yeux mi-clos, l'esprit vide, il se resservit un verre de clinton qu'il vida aussi rapidement

1. Clinton : cépage typiquement cévenol, donnant un vin très léger, aussi appelé « piquette », fréquemment bu avec des châtaignes grillées.

que le premier. Dans le silence ambiant, il ne pensait à rien, s'occupant juste de satisfaire sa faim et sa soif et de soulager les tiraillements de fatigue qui lui parcouraient le corps en changeant sans arrêt de position sur sa chaise.

Bouchée après bouchée, verre après verre, il arriva à bout de l'oignon et des deux pélardons et, avisant la bouteille dont il ne restait qu'un fond, il se résigna à regret à la reboucher. Puis, repliant cérémonieusement la lame de son laguiole, il défit lentement ses chaussures éculées et, considérant sans aucune gêne ses pieds crasseux et ses ongles noirs, il s'allongea sur son lit en éructant une dernière fois, comme pour mieux se préparer pour la nuit. Les mains croisées sur son ventre, il ferma ensuite les yeux pour mieux sentir les premières vagues de fraîcheur du soir l'envahir et commença à refaire en songe la route qu'il avait parcourue péniblement depuis le matin. Après quelques virages seulement, un ronflement sonore se fit entendre et il roula lourdement sur le côté, en calant un vieux coussin rapiécé sous sa tête.

Après une longue nuit d'un sommeil sans rêves, il se leva de bonne heure, entièrement remis de ses fatigues de la veille, et la première pensée qui lui vint à l'esprit fut la livraison de la lettre. D'ailleurs, sans même prendre le temps d'un petit déjeuner, il sortit se débarbouiller soigneusement, torse nu sur la margelle du puits, puis rentra s'habiller du mieux qu'il pût avec ses habits du dimanche, qui ne quittaient pourtant que rarement l'armoire. Il s'agissait en l'occurrence d'un costume noir en velours côtelé, comme c'était alors la grande mode dans les campagnes lorsque l'on voulait afficher une certaine aisance tout en restant sobre.

Ce costume avait d'ailleurs une histoire, il ne l'avait pas acheté, mais il lui avait été cédé au cours de l'une de ses tournées par une veuve de fraîche date qui, considérant très froidement qu'elle n'en aurait désormais plus l'utilité, le lui avait échangé sans difficultés contre quelques fanfreluches et quelques rubans, qu'elle considérait dès lors comme plus de circonstance et moins encombrants pour son armoire. Ayant enfilé la veste et le pantalon, Antonin se mit en peine pour essayer de faire briller ses chaussures crottées. Les posant sans égard sur la table encore encombrée des miettes du repas de la veille, il commença par cracher abondamment dessus, étalant le tout à l'aide d'un vieux chiffon qui traînait par terre. Au bout d'un long moment, semblant satisfait de ce premier travail, il attrapa sur l'étagère une vieille boîte de cirage noir, dont la pâte craquelée collait au fond de la boîte. Projetant encore un peu de salive au fond de celle-ci, il entreprit de la ramollir et finit par l'appliquer généreusement sur les chaussures, en frottant de plus en plus vite. Enfin, après plusieurs minutes de ce labeur, il contempla ses souliers, tout de même un peu plus présentables, mais restant passablement éculés, et décida de s'en satisfaire. Pour finir, il entreprit de se peigner comme il ne le faisait que pour sortir en ville, c'est-à-dire en répartissant en deux parties rigoureusement égales ses cheveux de chaque côté de sa tête et en les plaquant à l'aide de ses mains humectées d'une eau de Cologne au parfum un peu terni.

Ensuite, mains dans les poches, nez au vent, il fila directement et, en moins de dix minutes, franchit le pont sur le Rieutord et pénétra dans la vieille ville par les ruelles encore désertes en cette heure matinale, où seules quelques dizaines d'hirondelles se livraient à un ballet aérien ponctué de piaillements suraigus. Parvenu devant le temple, il bifurqua entre les murs sombres de la rue Nouzeran-Chevas et s'arrêta au bout de quelques mètres devant une imposante porte en chêne vernie garnie d'un lourd heurtoir en bronze noir.

Après avoir pris quelques secondes pour lustrer une dernière fois ses chaussures d'un geste maladroit sur l'arrière de son pantalon, reformer son col et revisser sa casquette, il se décida enfin à soulever l'imposant heurtoir en bronze, avant de l'abattre sèchement sur le panneau de bois. La porte résonna lugubrement, laissant deviner le long couloir qu'elle dissimulait. Malgré lui, Antonin resta pétrifié sur le trottoir et, durant une seconde, se demanda même s'il n'aurait pas mieux fait de glisser tout simplement la missive sous la porte. Au bout de quelques secondes, le raclement d'un pas mal assuré se fit entendre, se rapprochant lentement. Antonin dansait alors d'un pied sur l'autre comme un mauvais élève à qui l'on demande de réciter la leçon qu'il n'a pas apprise. Enfin, dans un cliquetis, la porte s'ébranla lentement, pivotant sur elle-même avec un grincement lancinant.

Apparut alors, émergeant de la pénombre du couloir, le visage fripé et bougon de Jeanne Andrieu. Par réflexe, Antonin retira vivement sa casquette et, la roulant entre ses mains, se pencha pour la saluer maladroitement. Apparemment insensible à cette fausse déférence, le visage toujours fermé, elle se contenta de cligner plusieurs fois des petits yeux méfiants et inquisiteurs et de fixer l'importun matinal avec un air de curiosité et de méfiance mêlées :

« Et bonjour, la Jeanne, lança-t-il d'un un air faussement enjoué censé réchauffer un peu un climat pourtant considérablement refroidi depuis la fin lamentable de leur amourette d'un soir.

– Bonjour, laissa-t-elle tomber abruptement.

– Je m'en viens porter une lettre pour la fille Estournet.

– Pour la fille Estournet, toi ! répondit-elle avec une moue incrédule, mais tendant tout de même une main curieuse.

– Oui, moi.

– Donne-la alors, je vais la remettre à Mlle Estournet dès qu'elle aura fini sa toilette du matin.

– … et tu en profiteras bien sûr pour la lire pardessus son épaule, hein ?

– … et ne compte pas sur moi pour venir te dire ce que j'aurai lu. Allez, tu as fait ta commission, maintenant tu peux y aller, à moins que tu n'attendes une pièce pour ta course ?

– Tiens, tu vois, je préfère encore aller déjeuner sur le Plan[1] que de continuer à t'écouter ! ajouta-t-il, dépité par la tournure que prenaient les choses et préférant faire une croix sur la rémunération de son service.

– Voilà, c'est ça, vas-y. Adieu.

– Adieu la Jeanne, toujours aussi désagréable je vois.

– À ton service, traîne-misère ! » conclut-elle d'un air mauvais.

Exaspéré par sa voix de pipelette et ses propos acides, Antonin sentit la colère le gagner et préféra prendre ses cliques et ses claques et lui tourner le dos, sans attendre quoi que ce soit. Pour lui, cette affaire ne le concernait déjà plus. Il avait fait ce qu'il devait faire et avait simplement été couillonné sur le prix de la commission, voilà tout.

Rebroussant chemin, il déboucha au sortir de la rue devant le temple, sur le Plan, au moment où la ville commençait à s'animer. Sans hésiter, il traversa la place et alla s'installer à une table du grand café, devant les halles. Coutumier du fait, il aimait tout particulièrement, lorsqu'il revenait à Ganges entre deux périples, se payer un bon petit déjeuner « de

1. *Plan : la grand-place d'un bourg dans le Midi.*

riche », comme il l'appelait. Le rituel était toujours le même. Il s'asseyait à une table bien en vue et commandait un grand café au lait avec des tartines beurrées, un croissant et le numéro du jour du quotidien *L'Éclair*.

Alors, il s'absorbait dans la dégustation de son petit déjeuner, puis dans la lecture attentive de son journal préféré, de la première à la dernière page. C'était là l'une des très rares occasions qui lui étaient données de pratiquer la lecture, et celle-ci était d'ailleurs passablement hésitante chez lui, au point que, lorsqu'il arrivait à la fin de certains articles trop longs, il en avait le plus souvent déjà oublié le début. Mais il trouvait que cet exercice lui donnait une belle contenance devant tout le monde, lui le simple colporteur. Et surtout cela lui fournissait une matière lui permettant de traîner à la terrasse du café jusqu'à midi, enchaînant les conversations sur les sujets d'actualité avec la clientèle du café. Tartines et croissant avalés, il se plongea donc dans sa lecture et celle-ci effaça peu à peu le souvenir désagréable de la Jeanne.

Moins de cinq minutes après, entièrement absorbé par sa lecture, il sentit une main rêche agripper son épaule et le secouer sans ménagement. Levant alors la tête dans un mouvement d'humeur, il tomba stupéfait sur le visage rougeaud de la Jeanne qui semblait avoir couru à perdre haleine pour le retrouver et posait maintenant sur lui un regard mêlé de stupéfaction. Avant même d'avoir repris son souffle, elle bafouilla :

« J'ai remis ta lettre à Mlle Estournet et figure-toi que j'ai bien cru qu'elle tournait de l'œil de bon matin, quand elle a vu de qui elle venait. J'ai même été obligé de lui faire avaler un sucre avec de l'alcool de menthe pour qu'elle reprenne un peu ses esprits. Ensuite, elle a lu la lettre, elle a dit “Mon Dieu !” et elle s'est mise à pleurer. Aussitôt après, elle l'a cachée sous sa robe de chambre et m'a demandé de courir te trouver pour te dire qu'il fallait absolument qu'elle te parle.

– Allons bon, voilà autre chose. Et tu n'as pas la moindre idée de ce qu'il y avait écrit dans cette lettre ? reprit Antonin d'un air effaré.

– Ben non, je te jure qu'elle ne m'a rien laissé voir, parce que j'ai essayé, tu t'en doutes bien.

– Oui, ça j'en suis sûr ; s'il y a bien une chose pour laquelle je te fais confiance, c'est celle-là, ajouta Antonin, mi-goguenard, mi-désabusé.

– Tu peux toujours te fiche de moi, mais on est pas plus avancés en attendant. Sauf peut-être que si tu me disais qui t'a remis cette lettre, cela m'aiderait à y voir plus clair.

– Toi, tu veux tout savoir, comme d'habitude, lui lança-t-il d'un air méfiant.

– J'aimerais comprendre un peu, c'est sûr, rajouta la Jeanne d'un air soudain plus conciliant. Cela fera vingt-deux ans à l'automne que je travaille pour la famille Estournet. Quand j'ai commencé, la petite

Mélanie venait de naître et je m'en suis occupé jusqu'à aujourd'hui. Elle n'a jamais fait la moindre bêtise étant enfant ; c'était un modèle de sagesse. Elle vient de terminer l'école normale de Montpellier sans l'ombre d'une histoire de jeune fille, et ce matin il a suffi d'une lettre que tu apportes de je ne sais où pour qu'elle se mette à dérailler complètement.

S'accordant le temps de la réflexion, Antonin leva le regard vers le ciel et se perdit pendant quelques instants dans ses pensées en se grattant distraitement le menton. Puis, semblant avoir pris sa décision, il fixa la Jeanne dans les yeux et considéra avec méfiance son air de fouine pendant quelques secondes avant de reprendre :

« C'est que moi non plus je n'ai pas la moindre idée de ce que contient cette lettre.

– Mais tu sais bien qui te l'a remise quand même !

– Mais non, je ne le sais pas vraiment, je ne connais pas cet homme.

– Ah ! tiens, c'est donc un homme, je l'aurais parié, persifla-t-elle.

– Allez, ça y est, les ragots qui commencent.

– Et tu l'as rencontré où, cet homme ?

– Dis-moi la Jeanne, tu crois que Mlle Estournet serait contente que je te le dise ? »

Un peu déstabilisée par cette dernière remarque, elle se renfrogna encore un peu plus, fermant son visage rougeaud et décida d'attaquer par un autre biais, grommelant :

« Écoute, elle veut te parler, mais je crois que ce ne sera pas aussi simple qu'elle le pense.

– Et pourquoi ?

– Tout simplement parce que je ne vois pas la fille Estournet rentrer en grande conversation avec le colporteur du coin, au beau milieu de la place. D'abord, je ne suis pas sûre du tout que son père ou sa mère apprécieraient beaucoup, et puis cela ferait bien trop jaser, par rapport au secret dont elle semble vouloir entourer cette affaire.

– Là, tu as raison, acquiesça Antonin, qui mesurait toute la pertinence de l'argument…

– Oui, sûrement. L'erreur de cet homme, c'était bien de te mêler, toi, à cette histoire.

– Bon, ça va, ça va. Alors, comment fait-on ?

– Écoute, j'ai quelque chose à proposer. Le seul endroit ou elle puisse te rencontrer sans éveiller des soupçons, c'est dans le parc du couvent des Dominicaines. Elle s'y rend régulièrement, une ou deux fois par semaine, depuis qu'elle est toute petite, car la famille Estournet est très liée à la congrégation. Comme je sais que tu y vas souvent pour y porter les légumes de ton potager, nous pourrions nous rencontrer dans le parc, par exemple demain dans la gloriette qui surplombe le Rieutord. Je lui ai déjà proposé et elle est d'accord. Qu'en penses-tu ? »

Au comble de la méfiance, Antonin s'efforçait de lire dans les pensées de la Jeanne, tant il lui semblait évident que celle-ci essayait par tous les moyens de s'immiscer dans ses affaires et que cela n'augurait rien de bon :

« Ah ! mais tu ne perds pas de temps toi. Tu n'es au courant de rien et tu organises déjà tout à ta main ; je te reconnais bien là. Mais bon, si tu veux. En fait ça m'est complètement égal, je ne sais pas ce qu'elle attend que je lui dise, finissons-en avec cette histoire. On m'a demandé de remettre un pli, je l'ai fait pour rendre service, je ne vois pas très bien ce que je peux faire de plus, lâcha Antonin faussement naïf.

– Apparemment plus que tu ne crois, ballot, car sinon Mlle Estournet ne se donnerait pas tout ce mal. Tu ne comprendras donc jamais rien. C'est d'accord comme ça alors ?

– Oui d'accord, bougonna-t-il. Je dois monter livrer au couvent demain matin ce qui a mûri au jardin cette semaine, pendant que j'étais à Saint-Martial. Disons que le temps de récolter, de charger le charreton et de tout apporter à l'économat, je devrais avoir terminé pour 11 heures ou 11 heures et demie et je viendrai vous retrouver au bout du parc, à la gloriette.

– Parfait ! Et surtout tiens ta langue, Batarel ! À demain.

– C'est plutôt à toi qu'il faut dire ça, vipère ! »

Antonin regarda la Jeanne traverser le plan inondé de lumière, de sa démarche claudicante, telle une fourmi zigzaguant sur une pierre chaude, puis disparaître subitement à l'angle de la rue

Nouzeran-Chevas, comme aspirée par la bouche d'ombre que formaient les hautes façades des maisons bourgeoises. Immobile, il resta perdu dans ses pensées pendant un bon moment, puis jeta un coup d'œil sur le numéro de *L'Éclair* qui traînait sur le table et, constatant que le charme était définitivement rompu, il empocha le journal, régla son déjeuner et reprit son chemin, replongeant au plus profond de ses pensées alors qu'il repassait le pont du Rieutord en direction de sa maison.

Comme prévu, le lendemain, Antonin passa la première partie de la matinée, depuis la pointe du jour jusqu'à l'heure où la fraîcheur matinale cède progressivement la place à la chaleur, à sillonner les allées de son jardin potager, à la recherche des légumes mûris par le soleil ardent de la semaine écoulée. Surgies de la terre noire, courgettes, tomates et aubergines étalaient maintenant leurs couleurs en taches vives, contrastant avec le vert profond et uniforme de la ramure, gardant encore jalousement le peu de fraîcheur arraché à la brise de la nuit. À sa grande surprise, Antonin emplissait rapidement des paniers entiers de légumes dorés et juteux, comme si toutes les plantes du jardin, dans un même effort, libéraient leurs dernières forces, pour projeter leur plus belle sève, dans la lumière de l'été, avant que l'automne ne vienne définitivement les faner. Quand les 9 heures sonnèrent au clocher de l'église pourtant lointaine, le son cristallin se propagea rapidement, semblant rebondir sur les façades des maisons encore endormies et revenir en écho depuis les pentes pelées des montagnes environnantes.

Sans perdre un instant, Antonin prit juste le temps de se débarbouiller sommairement à même la margelle du puits et, rafraîchi un peu, entreprit sans plus tarder la courte mais raide montée conduisant jusqu'au portail du couvent des Dominicaines. Empli plus qu'à l'accoutumée, le charreton à bras rechignait à gravir la pente malgré ses efforts répétés, à tel point qu'il en vint presque à regretter de ne pas avoir l'aide de sa jument pour franchir cette épreuve matinale. Après de longues minutes d'effort, il parvint tout de même à la grille du couvent où il resta un long moment à l'ombre des grands tilleuls, reprenant son souffle et s'épongeant le front de temps à autre, d'un revers de la manche de sa chemise.

Lorsqu'il sentit enfin le sang refluer de ses tempes, il se décida à faire tinter la cloche qui annonçait, sans exception, toutes les visites faites au couvent et permettait à toutes ses pensionnaires d'être prévenues, où qu'elles se trouvent, de l'arrivée d'une personne extérieure. Comme toujours, il s'écoula un long moment entre le moment où la cloche tinta et celui où une longue et mince silhouette s'approcha du portail, semblant glisser tel un fantôme et tenant à la main un volumineux trousseau de clefs. Elle s'immobilisa derrière la grille, laissant tout juste entrevoir sous les bords de sa cornette un visage lisse, impassible et sans âge. Sans prononcer un mot, elle engagea la grosse clef dans la serrure et manœuvra sans effort les deux vantaux de la grille. Mains croisées dans les larges manches de son aube, elle le regarda impassible se remettre en route avec son chargement et contourner le mur du couvent, pour se rendre par l'arrière de celui-ci, jusqu'à la porte de l'économat.

Comme à l'accoutumée, Antonin ne put échapper au cérémonial entourant chaque livraison. La sœur économe, une imposante personne, au corps charpenté comme celui d'un laboureur, surmonté d'une tête massive, fendue de part en part par un immense sourire béat, le faisait toujours entrer et s'asseoir à l'immense table de cuisine sur laquelle des générations de nonnes s'étaient échinées à préparer les repas de leurs consœurs et dont l'épais plateau en chêne, sculpté au fil des ans sous les innombrables coups de hachoir, avait pris l'aspect d'une planche à découper de géant.

Sans qu'il n'ait rien à demander, ni qu'il lui soit possible de refuser, il voyait toujours arriver devant lui un petit verre de vin de noix, spécialité et fierté du couvent. Traditionnellement, pendant qu'il le sirotait tranquillement, la sœur entamait un monologue sans fin, durant lequel elle soliloquait longuement sur tous les sujets de l'actualité locale. Là, il savait qu'il pouvait se contenter de hochements de tête tenant lieu de réponse, jusqu'à ce qu'elle lui propose de le resservir. Ensuite, le monologue s'épuisait toujours rapidement et il consultait alors invariablement sa montre de gousset, manifestant ainsi son désir de conclure la conversation. C'est à ce moment que son interlocutrice paraissait enfin s'intéresser au chargement de légumes qui attendait devant la porte.

Levant les bras au ciel, en paraissant réellement catastrophée comme à son habitude, elle se lamenta d'abord à propos de la quantité de légumes livrés puis, presque aussitôt, décréta qu'il fallait bien profiter de ces dons de Dieu puisque l'été tirait à sa fin, pour faire des bocaux qu'elle pourrait mettre en réserve pour l'hiver. Pour finir, elle donna comme d'habitude à Antonin son accord pour l'achat de tout le chargement et lui demanda seulement de l'aider à tout décharger sur la grande table.

Cela fait, Antonin la salua rapidement au moment où 11 heures sonnaient au clocher du couvent et s'éloigna en poussant le charreton vers la grille, afin de s'arracher enfin définitivement à cette conversation. Contrairement à son habitude, il ne poussa pas jusqu'au grand portail, mais rangea son engin dans les herbes folles du bord de l'allée et s'en fut tout droit vers le bout du parc, à l'endroit où une petite gloriette, offrant une vue sur toute la ville et la garrigue environnante, dominait le cours asséché du Rieutord. À sa grande surprise, il constata en s'approchant que deux silhouettes étaient déjà assises dans le petit édifice et, se rapprochant un peu, reconnut bien vite le profil disgracieux de la

Jeanne, aux côtés d'une silhouette beaucoup plus jeune et beaucoup plus élancée, qu'il identifia comme étant à coup sûr celle de Mélanie Estournet.

Rectifiant, tout en avançant, sa tenue et sa coiffure, il essaya de se donner une contenance et de marcher d'un pas assuré. C'est au moment précis où il allait les saluer que la Jeanne détecta sa présence, se leva et le regarda s'approcher, avec son regard soupçonneux de rapace :

« Eh bien ! au moins, pour une fois, tu n'es pas en retard, lança-t-elle sans élégance.

– Non, reprit-il, décontenancé par la remarque acerbe.

– Bonjour, reprit beaucoup plus agréablement Mélanie Estournet. Ne m'en veuillez pas de cette rencontre impromptue et rapide, mais la situation exigeait que je puisse vous rencontrer aujourd'hui, car Jeanne m'a expliqué que vous étiez souvent sur les chemins et j'aurais justement une faveur à vous demander, avant votre prochain départ. Voudriez-vous que nous fassions ensemble quelques pas à travers le parc, cela nous permettra de discuter tranquillement en nous donnant plus aisément une contenance ?

– Avec plaisir, mademoiselle, bredouilla-t-il maladroitement, tout en gardant un œil sur la Jeanne, qui en profita pour lui décocher un regard mauvais sans qu'il n'en comprenne encore la raison exacte. »

Sous une ombrelle de dentelle la protégeant un petit peu du soleil, Mélanie Estournet marchait maintenant aux côtés d'Antonin, le précédant très légèrement. Autant il avait, dans cette situation, un air gauche, autant elle marchait avec grâce et sa très longue silhouette, rehaussée par un chapeau à rubans et des bottines, dominait celle d'Antonin d'une bonne tête. Tout d'abord, elle garda un moment le silence, comme si elle voulait mettre un peu de distance entre eux. La Jeanne était restée ronger son frein dans la gloriette et y ressassait de sombres pensées, à l'idée que cette conversation allait lui échapper et qu'elle n'aurait probablement aucun moyen d'en connaître le contenu. Puis, Mélanie Estournet entama la conversation, regardant toujours droit devant elle :

« Je dois d'abord vous remercier d'avoir bien voulu vous charger de véhiculer cette missive jusqu'à moi.

– C'était bien naturel, reprit-il d'un ton neutre.

– Je vous en sais gré tout de même, mais je me dois également de vous demander deux choses. Tout d'abord, si vous connaissez la personne qui vous l'a remise et puis si vous avez parlé de tout cela à quelqu'un ?

– La réponse est non dans les deux cas, répondit-il immédiatement, un peu dérouté par le début de la conversation.

– Croyez bien qu'il m'est particulièrement difficile de vous importuner avec ce genre de questions, mais, même s'il ne s'agit là de rien de répréhensible à mes yeux, il serait tout de même préférable que toute cette affaire reste entre nous », insista-t-elle en plongeant pour la première fois son regard dans celui d'Antonin.

Il resta alors silencieux, opinant seulement du chef, sans pouvoir détacher durant quelques secondes ses yeux de l'éclat sombre de ceux de Mélanie Estournet. Continuant ensuite leur promenade en silence, ils laissèrent pendant quelques instants leur conversation en suspens, comme si ce temps était nécessaire à chacun pour franchir le pas et aborder la question de ce qui allait se passer maintenant. Ce fut Mélanie Estournet qui brisa le silence :

« Devez-vous remonter au mont Liron prochainement ? s'enquit-elle, un brin perfide.

– Oui, se contenta-t-il de répondre, déjà sur ses gardes.

– Et serait-il trop indiscret de ma part de vous demander quand ?

– Dès que j'aurai réuni de nouvelles commandes de charbon, mais avant l'automne en tout cas.

– Fort bien. Et quelle quantité de charbon allez-vous chercher à chaque fois ?

– Au moins deux cents kilos pour amortir le voyage, répondit Antonin, un peu dérouté de devoir fournir toutes ces précisions dont il se demandait en quoi elles pouvaient bien être utiles à une personne telle que Mlle Estournet.

– Soit, je vous passe donc commande de deux cents kilos de charbon à livrer chez mes parents pour la semaine prochaine

– Bien, bien, bredouilla Antonin interloqué.

– Et je me permettrai bien entendu, puisque vous devez remonter là-haut, de vous confier une réponse à la lettre que vous m'avez descendue.

– Et tout cela devra rester strictement entre nous, ajouta Antonin mi-courroucé, mi-goguenard.

– Bien entendu, rétorqua Mélanie Estournet d'un ton cassant qui déplut immédiatement à Antonin, qui se renfrogna aussitôt.

– Et si je refusais tout simplement de rentrer dans vos petites histoires », lança-t-il dans un éclat de colère.

Comme accablée d'une douleur subite, Mélanie leva les yeux vers le ciel, puis ferma les paupières, semblant se plonger dans ses pensées, pendant qu'Antonin baissait quant à lui le regard, semblant déjà regretter son propos :

« Si vous refusiez, reprit-elle au bout d'un moment avec une grande douceur, il ne me resterait plus qu'à regretter d'avoir été aussi maladroite pour vous demander votre aide. »

Elle s'interrompit à nouveau, sembla hésiter, puis reprit l'air résigné :

« En fait, pour être directe avec vous, je dois vous dire que la personne qui m'a adressé cette lettre n'est pas réellement charbonnier. »

Ce disant, elle s'arrêta un instant de marcher et fixa à nouveau Antonin pour mieux jauger sa réaction. Ce dernier resta impassible et ajouta seulement :

« Je vous avoue que je m'en doutais un peu.

– Merci de votre franchise.

– Mais ce que je ne comprends toujours pas, insista-t-il, c'est pourquoi vous auriez besoin de mon aide ?

– Il se trouve, reprit-elle, que les circonstances ont fait que cette personne, qui m'est très chère, a dû momentanément quitter son domicile pour une raison qu'il m'est délicat de vous confier, mais qui le conduit à devoir rester là-haut pour quelques semaines encore.

– Pour quelques semaines encore ? reprit-il, pensif. Mais les charbonniers ne vont plus tarder à redescendre dans la plaine d'ici peu de temps et la vie là-haut, au sommet du mont Liron, à l'automne, tout seul…

– Justement, je voudrais absolument reprendre contact avec cet ami afin d'être sûre de pouvoir prendre des dispositions à son égard avant cet hiver. Vous me comprenez, n'est-ce pas ?

– Pas vraiment je l'avoue. Et d'abord, qu'est-ce qui peut bien l'empêcher de descendre ici, à Ganges, pour discuter de tout cela avec vous et qu'est-ce que j'ai à voir là-dedans ?

– Si je réponds à cette question, je me livre à vous entièrement.

– Et si vous n'y répondez pas, je crains de ne pas pouvoir vous être d'un grand secours. En outre, si vous avez souhaité me parler aujourd'hui, c'est bien pour m'en dire un peu plus, non ? Quoi qu'il en soit, ne comptez pas sur moi pour vous servir de messager sans savoir de quoi il retourne », conclut-il d'un ton ferme, qui plongea Mélanie dans le désarroi.

Rassemblant rapidement ses esprits, elle se résolut à pousser encore un peu plus ses confidences, sentant que c'était là une condition indispensable pour obtenir l'aide d'Antonin :

« Effectivement, reprit-elle, mais je me dois de vous dire que, une fois que je vous aurai parlé, nous aurons à partager un secret lourd de conséquences pour l'un comme pour l'autre. Donc, il vous faut bien réfléchir pour savoir si vous êtes prêt à cela.

– Vous m'intriguez et vous m'inquiétez tout à la fois…

– Je m'en doute.

– Et je dois donc m'engager ou refuser sans même savoir ce dont il s'agit.

– Assurément, j'en suis désolée.

– Mais, d'abord, qu'est-ce qui peut bien vous faire croire que je suis la personne qui pourra vous aider à résoudre ce problème ?

– C'est parce que je ne vois vraiment que vous qui puissiez m'aider.

– Moi, le colporteur ? reprit-il incrédule.

– Oui, vous que tout le monde a l'habitude de voir sur les routes, entre ici, Saint-Martial et le mont

Liron, sans que cela paraisse extraordinaire. Et vous, à qui mon ami a choisi de remettre cette missive et dans laquelle il me conseille de faire une fois appel à votre intermédiaire pour lui renvoyer une réponse. »

Ne trouvant rien à répondre, Antonin regardait maintenant Mélanie Estournet d'un air incrédule, tortillant sa casquette entre ses mains. Elle reprit très rapidement, sans lui laisser le temps de la réflexion :

« Vous savez, je ne vous oblige à rien, mais si vous acceptez de m'aider, je m'engage sur l'honneur à ce que vous ne soyez jamais inquiété pour l'aide que vous pourriez nous apporter. À l'inverse, si vous refusez, je peux vous promettre que j'oublierai jusqu'à notre conversation d'aujourd'hui et que je ne vous tiendrai jamais rigueur de votre refus. »

Un peu gêné malgré lui, Antonin se sentit tout de même rassuré par le ton franc et déterminé qu'elle avait adopté et, sans vraiment réfléchir, plus touché que convaincu, esquissa un hochement de tête affirmatif, la regardant droit dans les yeux. Puis il reprit, toujours plongé dans son regard :

« Pour être tout à fait franc avec vous, je ne sais pas à quoi je m'engage réellement et j'avoue même que je n'aime pas trop éprouver ce sentiment d'être dépassé par le événements, mais, d'un autre côté, j'hésite à vous refuser mon aide, puisque vous me la réclamez aussi sincèrement. En fait, je ne peux m'empêcher de me dire que si une personne telle que vous en est réduite à avoir besoin d'un colporteur, c'est qu'elle est bien seule et désemparée devant de gros soucis. Ce serait alors une bien grande grossièreté de ma part que de vous planter là, sans chercher à vous venir en aide. Je vous demande donc de considérer que j'essaierai de faire pour vous ce qui est en mon pouvoir, même si je me demande bien en quoi ma modeste contribution suffira à régler vos problèmes.

– Au-delà de ce que vous pouvez imaginer, reprit-elle, sur un ton sincèrement ému, prenant les grosses mains d'Antonin dans les siennes. Vous savez, dans cette affaire, toute ma famille et toutes mes relations, ici comme à Montpellier, ne me sont d'aucun secours et, si je ne vous avais pas avec moi, il ne me serait en aucune façon possible de venir en aide à mon ami.

– Alors, je serai heureux de vous apporter mon aide si nous nous entendons, mais je veux tout savoir de votre histoire avant de vous donner ma réponse.

– Il me faut donc maintenant vous mettre au courant de tout avant de vous expliquer ce que j'attends de vous.

– Oui, je dois connaître chaque détail avant de m'engager.

– Soit, concéda-t-elle : d'une je n'ai pas le choix et, d'autre part, j'avoue que cela me semble normal. »

À cet instant, par précaution, Mélanie se retourna et ne manqua pas de remarquer le regard inquisiteur de la Jeanne, qui observait la scène depuis la gloriette, stupéfaite du spectacle pour le moins étonnant qu'offrait Antonin, immobile, les mains dans celles de Mlle Estournet. Consciente de l'énormité de la scène, Mélanie les retira aussitôt et, d'une légère pression sur le bras, l'entraîna un peu plus loin dans le parc, comme pour se mettre définitivement à l'abri de toute oreille indiscrète :

« Comme vous le savez, je viens de finir mon école normale à Montpellier, même si mon père, qui m'a laissée faire, ne souhaite pas réellement que je travaille, mais plutôt que je vive des rentes familiales en attendant de trouver un bon parti pour me marier. M'ennuyant à mourir à Ganges dans la maison familiale, j'ai donc fini par obtenir de lui de pouvoir faire ces années d'études à Montpellier, et j'ai même obtenu de sa part, à force de supplications au cours de ces derniers mois, de pouvoir exercer mon métier d'institutrice au moins jusqu'à ce que je me marie et à condition que ce ne soit pas trop loin de Ganges. C'est ainsi qu'à la rentrée du mois prochain je prends mon premier poste à l'école de Saint-Martial, où je vais provisoirement effectuer le remplacement de l'instituteur en poste, M. Marget, qui devra s'absenter plusieurs mois en raison de son état de santé, nécessitant un séjour en sanatorium. Au cours de mes années d'études à Montpellier, j'ai fait la connaissance d'un certain Clément Mialet, dont les parents sont installés depuis plusieurs générations dans la fabrication et le commerce des poteries à Anduze. Il faisait lui aussi ses études à Montpellier, à la faculté de droit, où il passait le plus clair de son temps à profiter des plaisirs de la ville, s'attachant à faire traîner le plus longtemps possible l'obtention de diplômes bien inutiles au vu de la fortune de sa famille, qui ne voyait en lui que le repreneur désigné de l'affaire familiale. Nous sommes restés très liés, car Clément m'a agréablement accompagnée durant ces années passées à Montpellier, se montrant un parfait ami, délicat en toutes circonstances. Il m'a notamment fait partager beaucoup de ses amitiés et m'a permis, dans cette grande ville, de vivre mille petits plaisirs que je n'aurais jamais connus sans lui. D'ailleurs, même mes parents à qui j'ai parlé de cette amitié ont semblé l'approuver, me disant tout le bien qu'ils pensaient de la famille Mialet, qu'ils connaissaient déjà par des affaires communes. C'était tout simplement un garçon issu d'un milieu qui leur convenait, ils n'allaient pas chercher plus loin.

– Eh bien ! alors, tout va pour le mieux, glissa Antonin un brin désorienté.

– Oui, tout allait pour le mieux ou presque, jusqu'à ce que Clément ne soit appelé pour partir à l'armée effectuer son service militaire en Lorraine, à Nancy, dans un régiment d'infanterie. Depuis toujours, ses parents, dont il est le fils unique, avaient prévu de pallier le tirage d'un mauvais numéro par leur fortune. Malheureusement pour lui, depuis la loi de 1905, qui a définitivement supprimé le tirage au sort, réduit le nombre d'exemptions et les cas de dispense, c'était devenu plus difficile, mais ils avaient pris leurs dispositions à ce sujet, grâce à leur réseau de relations. Mais voilà, le vote de la loi Barthou au début du mois vient de ruiner définitivement cet espoir, car elle ne tolère plus d'exception et surtout, avec cette psychose de la guerre et ce regain de patriotisme, il est devenu absolument impensable de chercher à échapper sans honte au service militaire. Pour couronner le tout, elle oblige les garçons à partir un an de plus de chez eux. Trois ans, rendez-vous compte, trois ans hors de chez vous, le plus souvent à l'autre bout de la France, et si les choses tournent mal, si la guerre éclate, peut-être ne jamais revenir. »

S'étant laissé emporter comme cela lui arrivait pourtant très rarement, Mélanie sentit qu'elle devait prendre sur elle pour retrouver son calme et reprit plus doucement :

« Vous savez, Clément est un garçon à part. Il n'a connu de la vie que les plaisirs d'une enfance gâtée dans une famille très riche, puis la liberté d'une jeunesse dorée dans une ville comme Montpellier, où la fortune de ses parents lui a ouvert toutes les portes. Il est totalement incapable de se plier à une autre vie.

– D'autres le font bien et dans des circonstances autrement plus difficiles, objecta Antonin avec une certaine animosité, considérant tout de même avec un certain dédain cet apitoiement qu'il jugeait très exagéré, face à une situation aussi aisée.

– C'est certain, mais aujourd'hui Clément a agi sur un coup de tête…

– Et il est parti se cacher sur les pentes du Liron ? coupa Antonin.

– Oui, c'est bien cela. En fait, il devait partir rejoindre son affectation à la fin du mois de juillet. Bien sûr, il n'a pu s'y résoudre et a supplié son père de faire l'impossible pour échapper à son enrôlement. Seulement voilà, ce dernier n'a pas cédé, car au jour d'aujourd'hui avoir un fils réformé dans une petite ville comme Anduze, alors que tout le monde le sait en parfaite santé, c'est un déshonneur bien trop lourd à porter et, de plus, ses sacro-saintes affaires en pâtiraient sérieusement. Alors, dès les premiers jours d'août, alors que les gendarmes d'Alès venaient de recevoir l'ordre de venir le déloger de chez lui et s'étaient déjà présentés à la propriété familiale, Clément, devant l'intransigeance de son père, qui envisageait de le livrer lui-même à la maréchaussée pour le rendre à la raison, a alors pris sa décision. Il a quitté la demeure familiale et, ne sachant trop où aller, a pris la route de Ganges où il comptait venir solliciter mon aide, désemparé, sans vraiment qu'il sache ce qu'il me serait possible de faire pour lui. C'est en passant à Lassalle qu'il a rencontré deux journaliers italiens qui montaient au mont Liron tout proche pour ravitailler les charbonniers. Ils lui ont confié qu'il y avait là-haut besoin de bras pour finir rapidement les charbonnières avant l'époque des vendanges. Clément a alors pensé qu'il n'y avait pas de meilleure solution pour se cacher que de se joindre provisoirement à ce groupe de travailleurs, même s'il n'était pas du tout préparé à cette nouvelle vie. Cela lui permettait de laisser passer les premières recherches et surtout d'attendre que je sois arrivée à Saint-Martial pour la rentrée des classes. Il pensait naïvement que je pourrais alors l'héberger quelque temps et l'aider à s'organiser pour pouvoir réaliser son projet.

– Quel projet ? questionna Antonin, intrigué.

– Si son père s'est montré inflexible, sa mère, en revanche, semblait prête à tout pour lui permettre d'échapper à son sort et elle lui a suggéré l'idée de rejoindre son frère en Tunisie, l'oncle de Clément donc, qui est parti s'y installer voilà plus de vingt ans. Il y est propriétaire aujourd'hui, à Tunis, de minoteries industrielles, et elle a pensé qu'il ne lui refuserait pas son aide et, qu'une fois là-bas, il lui serait beaucoup plus facile d'échapper à ses obligations militaires. En outre, une fois Clément parti loin d'Anduze, il deviendrait possible, pour elle et son mari, d'entretenir un flou sur l'endroit où il se trouvait en réalité, permettant ainsi à la famille Mialet d'éviter le déshonneur de l'insoumission de son fils. Elle lui a donc remis, à l'insu de son mari, sur sa fortune personnelle, une somme d'argent conséquente, lui permettant de faire face aux dépenses et imprévus du voyage et a envoyé, sans en parler à son mari non plus, un courrier à son frère, en lui demandant d'accueillir le plus discrètement et du mieux possible son neveu.

– Quelle histoire ! ajouta Antonin songeur. Voilà bien une grande famille qui va se déchirer avant même que la guerre ne commence. Mais au fait, je ne vois toujours pas ce que je viens faire dans cette sombre histoire, si ce n'est de m'être trouvé au bon ou au mauvais moment, c'est selon, sur les pentes du Liron et d'avoir accepté de vous rapporter ce fichu courrier

– Ce fichu courrier, comme vous dites, par lequel Clément m'a appris tout cela et par lequel il me demande mon aide pour pouvoir s'embarquer vers la Tunisie le plus rapidement possible.

– Rien que ça ! s'exclama Antonin. Et comment fait-on pour aller en Tunisie depuis le mont Liron, quand on est recherché par les gendarmes, ajouta-t-il un brin moqueur.

– On est obligé de prendre le bateau à Sète, tout simplement, lui rétorqua-t-elle le plus sérieusement du monde. Tous les mois, je ne sais pas exactement quand, un bateau de marchandises fait la traversée entre Sète et Tunis. Sur ce bateau, d'après Clément, sont transportés, entre autres choses, des produits issus des minoteries de son oncle. Il doit être possible, en graissant la patte au capitaine, grâce au pécule que lui a remis sa mère, de s'y faire embarquer discrètement.

– Je ne vois toujours pas ce que je peux faire ?

– Ce que j'ai à vous demander, c'est simplement de lui rapporter ma réponse le plus rapidement possible. Une réponse par laquelle je lui indique quand et où nous retrouver.

– C'était donc ça, reprit Antonin d'une voix éraillée avant de se racler la gorge. C'est par ce biais que vous me demandez mon aide, en devenant le messager de vos préparatifs, pour que votre Clément puisse s'échapper avant l'hiver.

– C'est exactement ça et vous comprenez maintenant pourquoi le colporteur que vous êtes, toujours par les chemins, est exactement l'homme de la situation.

– Oui, je comprends mieux maintenant », répondit-il un peu abasourdi.

Après un court temps de silence, il reprit :

« Mais vous savez, il faut que vous compreniez bien que j'ai le sentiment désagréable que tout cela me dépasse et que je n'ai pas vraiment ma place dans toute cette histoire. De plus, j'ai aussi l'impression que, si je commence à vous apporter mon aide, je vais me trouver mêlé à quelque chose qui ne prendra pas fin de sitôt !

– Je ne vous cache pas que c'est possible. Tout cela est très ennuyeux et assez grave ma foi. Tout ce que je peux vous répéter, c'est que vous êtes mon seul secours et que je ne vous en voudrais pas une seule seconde si vous veniez à ne plus vouloir m'apporter votre concours. Dans tous les cas, dites-vous que tout cela ne devrait plus être qu'un vieux souvenir avant le début de l'hiver. Je peux donc compter sur vous pour mon charbon ? glissa-t-elle d'un air entendu.

– Vous pouvez compter sur moi, pour votre charbon et pour votre courrier.

– Merci, lâcha-t-elle simplement, j'enverrai Jeanne le déposer discrètement chez vous, dit-elle en prenant doucement ses mains dans les siennes, avant de s'en retourner d'un pas rapide rejoindre sa servante à la gloriette, puis de filer vers la grille du couvent.

Immobile, Antonin les regarda s'éloigner, alors qu'une risée de vent du sud bruissait dans la ramure des arbres du parc et qu'un souffle de fraîcheur le caressait doucement. Il réprima alors un frisson à l'idée de cet avenir inconnu auquel il allait devoir faire face s'il tentait l'aventure, mais sa décision était pourtant déjà prise, il allait remonter vers le Liron et y porter le message de Mélanie Estournet. Durant un bref instant, il se dit qu'elle pourrait être la fille qu'il n'avait jamais eue, et cette pensée, qui le fit tressaillir au plus profond de lui-même, ne fit que renforcer sa détermination.

III

Les charbonniers

Ils amassent patiemment les branchages, formant des fautes, *puis les carbonisent lentement. Ce travail nocturne donne à la nuit une tout autre allure. On aperçoit alors l'ombre des bûcherons éclairés par leur torche en écorce de bouleau, surveillant leurs fautes que l'on devine au rougeoiement du feu.*

Le Nord autrefois
Alain COURSIER

Saint-Martial, dans la soirée du jeudi 11 septembre 1913…

ATTABLÉ À L'INTÉRIEUR DU CAFÉ d'Abel, le regard dans le vague devant une blanquette de veau dont l'épaisse sauce fumait sous son nez, Antonin, habitué à une vie simple, éprouvait toujours de l'angoisse à l'idée de devoir jouer un jeu difficile et redoutait plus que tout les mensonges répétés dont il allait devoir se rendre coupable et surtout dont il faudrait qu'il se souvienne absolument pour ne pas se trahir, au cours des prochains jours.

Déjà, à la suite de son entretien avec Mélanie Estournet, il avait expédié sa tournée dans la vallée de l'Hérault plus vite que de raison, faisant de nombreux mécontents parmi ses habitués. Ensuitc, il se mit en route sans attendre, et maintenant qu'il était rendu sur place, ce qu'il redoutait le plus c'était de devoir mentir à ses amis, et tout particulièrement à Abel, qu'il ne voulait surtout pas encore mettre dans la confidence. En effet, il comptait jouer sur le temps pour se sortir au mieux de cette affaire.

Il se disait qu'avec un peu de chance, si le temps tenait bon, Clément pouvait habiter les cabanes charbonnières jusqu'à la fin du mois, le temps pour Mélanie Estournet d'intégrer le logement de fonction qui lui était dévolu au premier étage de l'école communale. Ensuite, les choses se seraient probablement tassées et il lui serait possible de quitter la cime du Liron, de faire un rapide et discret passage par chez Mélanie Estournet, qui serait alors installée dans l'école communale, pour se remettre en condition et pouvoir envisager son périple, qui l'amènerait en quatre à cinq jours de marche jusqu'au port de Sète, où commencerait alors pour lui la grande aventure.

Ainsi, si tout se déroulait sans incident, pour la rentrée des classes, dès les premiers jours d'octobre, tout serait rentré dans l'ordre. Clément Mialet voguerait enfin pour des cieux plus cléments, Mélanie Estournet serait institutrice comme elle avait toujours rêvé de l'être et lui pourrait enfin s'ouvrir de tout cela à Abel, et cela leur ferait un beau secret à partager, une belle histoire à raconter aux veillées de l'hiver. Cette perspective soudain si proche et si simple le rasséréna et lui rendit l'appétit. Semblant enfin prêter attention à l'assiette qui refroidissait lentement devant lui, il se tailla une belle tranche de pain et commença son repas, sous l'œil soupçonneux d'Abel, qui l'épiait depuis le coin du zinc et ne pouvait s'empêcher de trouver étrange l'air pensif de son ami, habituellement si disert.

Après qu'il l'eut laissé terminer son assiette, il se dirigea vers lui, l'air innocent, avec un plat à fromage contenant un beau morceau de roquefort autour duquel un essaim de mouches virevoltait sans cesse. Cherchant à le butiner au péril de leur vie, elles échappaient au dernier moment à la main experte d'Abel, qui se refermait tout de même de temps à autre sur l'une des imprudentes, avant de l'assommer en la précipitant sur le comptoir, la laissant inanimée, pattes en l'air.

Sans même lui demander son avis, il s'assit juste en face de lui, l'air faussement enjoué :

« Dis-moi Antonin, débuta-t-il en essayant pour la centième fois de chasser les mouches du plat, on ne s'attendait pas à te revoir si tôt. Habituellement, tu nous réserves une visite par mois, et là voilà que tu reviens d'une semaine sur l'autre.

– C'est que j'ai eu une grosse commande à laquelle je ne m'attendais pas du tout, et puis, de toute façon, j'ai la vigne à récolter en rentrant et comme ça, en étant remonté ici plus tôt, je pourrai le faire tranquillement et même commencer à faire le vin, et après je ne remonterai peut-être pas avant la Toussaint, argumenta-t-il, visiblement mal à l'aise et vidant un fond de verre de vin pour faire descendre la boule qui lui nouait la gorge.

– Pas avant la Toussaint ! s'exclama Abel. Mais les châtaignes alors, tu n'en feras même pas un voyage ? objecta-t-il, incrédule et soupçonneux à la fois.

– Ben si, justement, pour la Toussaint. Et puis, on verra, ne m'agace pas à l'avance avec ça ! » commença à s'emporter Antonin.

Intrigué par cet accès de nervosité, Abel n'insista pas et observa quelques secondes de silence, laissant Antonin goûter sans grand appétit au fromage. Après avoir jugé le répit suffisant, il reprit :

« Demain, au Liron, tu vas arriver juste à temps pour charger ta charrette.

– Et pourquoi donc ? questionna-t-il, soudainement intéressé.

– Parce que la semaine dernière on a vu descendre quatre des dix charbonniers du Liron. Ils se sont arrêtés ici à midi, pour se faire servir un bon repas ; le seul servi pour eux à une vraie table depuis leur installation là-haut au début du printemps, tu te rends compte !

– Et alors…

– Tu aurais vu ça, de vrais sauvages, ils descendaient dans la plaine viticole, du côté de Pézenas à ce qu'ils ont dit, où ils sont embauchés jusqu'à la fin du mois d'octobre pour les vendanges et la cave. Ils partaient devant et ils ont dit que les six autres allaient suivre bientôt, le temps de faire brûler les dernières charbonnières et de livrer le charbon aux charrons de Saint-Jean-du-Gard, qui devaient venir chercher les derniers chargements. J'espère que tu ne montes pas pour rien et qu'il en restera assez pour remplir ta charrette.

– Et c'est tout ce qu'ils ont dit ?

– Oui, c'est tout, qu'est-ce tu voulais qu'ils disent d'autre. Ils ne sont pas très causants tu sais. »

Hésitant à poser la question qui lui brûlait la langue, Antonin vida d'un trait un autre verre de vin et, d'une voix de fausset qu'Abel ne lui connaissait pas, finit par demander :

« Et ils ressemblaient à quoi, tes charbonniers ?

– Mais à des charbonniers, couillon ! lui répondit Abel un peu interloqué. À quoi d'autre veux-tu que ressemblent des types qui viennent de passer l'été à travailler dans la chaleur, sans un ruisseau ou se laver, qui boivent du vin comme ta mule boit de l'eau et qui n'ont pas tenu une vraie conversation depuis trois mois.

– Tous les quatre ?

– Ben oui, tous les quatre bien sûr. Tu as vraiment de ces questions, ce soir !

– Bon, eh bien ! écoute, je vais aller me coucher, ça ira sûrement mieux demain.

– Oui, tu as raison, va te reposer parce que tu es vraiment bizarre ce soir, tu dois avoir besoin de te reposer. Allez, je te révcillc à 6 heures, comme d'habitude.

– Oui, voilà, c'est ça, à 6 heures. Bonne nuit.

– Toi aussi, bonne nuit », conclut-il, l'air interloqué, en regardant Antonin monter l'escalier d'un pas lourd, l'air préoccupé. Hochant la tête, il se remit alors à essuyer la vaisselle du comptoir.

Le lendemain matin, parti depuis l'aube et alors que midi approchait déjà, Antonin encourageait sa jument qui gravissait péniblement les dernières pentes herbeuses du Liron, tirant avec peine la charrette vide. Un petit air aigrelet trahissait l'arrivée discrète de l'automne sur la montagne, malgré le beau ciel bleu, et faisait frémir les touffes de genêts qui semblaient s'arrondir comme pour faire le gros dos.

Un peu plus loin, par-delà la crête, sur l'autre versant, des bouffées de fumée trahissaient une présence et il pensa immédiatement que ce devait être là une des dernières charbonnières de l'année achevant de se consumer lentement. Coupant tout droit au milieu des herbes séchées, il ne tarda pas entendre les premiers éclats de voix, lui indiquant la présence toute proche des charbonniers, et c'est en franchissant la crête arrondie qu'il les aperçut enfin, assis dans l'herbe, à la lisière de la forêt.

Pressant le pas, Antonin contourna quelques blocs de granit arrondis en descendant la pente douce et, lorsqu'il arriva à proximité du petit groupe, laissa sa jument, bride sur le cou, brouter l'herbe de montagne en hennissant de plaisir et en secouant ses flancs transpirants. Les charbonniers, regroupés autour d'un repas composé d'oignons, de pain et de fromage qu'ils s'apprêtaient à entamer, étaient pour l'heure surtout occupés à se rafraîchir le gosier en vidant à tour de rôle une bouteille de vin à la régalade, le pouce enfoncé dans le goulot. Levant le bras, Antonin salua à la cantonade, tout en s'approchant d'eux, mais ne reconnut pas Clément parmi les cinq hommes présents. Scrutant les alentours, il ne détecta aucune autre présence et en éprouva un certain malaise :

« Bonjour à tous, entama-t-il tout de même d'un ton jovial.

– Salut colporteur, répondirent en désordre de grosses voix éraillées.

– Alors, la saison va sur la fin ? lança-t-il en guise d'entame de conversation.

– Ouais et c'est pas malheureux », laissa tomber abruptement l'un des charbonniers, tout en regardant avec tristesse le niveau de la bouteille de vin.

Surprenant son regard au vol et comprenant la situation, Antonin réagit immédiatement et, retournant rapidement à sa jument, sortit du bât de l'animal deux bouteilles de *carthagène*[1] enveloppées dans des chiffons humides qu'il exhiba fièrement en revenant vers le groupe d'hommes.

« J'ai apporté là de quoi fêter dignement la fin de la saison, annonça-t-il fièrement.

– Merci à toi, répondirent presque en chœur les charbonniers, louchant exagérément sur les deux bouteilles avec un intérêt non dissimulé.

---

1. Carthagène : boisson très douce élaborée à partir de raisins et consommée notamment en apéritif.

– Ne me remerciez pas, ce n'est rien, quand on veut faire affaire, il faut bien soigner ses fournisseurs, non ? »

Quelques rires répondirent à sa boutade et, s'installant parmi eux, Antonin sortit à son tour un repas de la musette qu'il portait en bandoulière et se mêla à leur conversation, tenue dans le patois local, auquel venaient se mélanger quelques phrases d'un italien populaire qu'il parvenait à déchiffrer sans trop de difficulté. De fait, leur conversation n'était pas très difficile à suivre, mêlant en permanence gros mots et descriptions grivoises accompagnés de gestes explicites, auxquels Antonin s'efforçait de rire pour mieux se fondre dans le groupe.

Guettant la moindre allusion à ce qui pourrait concerner la présence de Clément Mialet, Antonin s'impatientait de minute en minute, mais rien ne venait à ce sujet. Depuis un bon moment, les deux bouteilles de carthagène avaient été vidées, suivies par deux autres de vin rouge, et maintenant, leur repas terminé, un à un, les charbonniers s'allongeaient dans l'herbe, ramenaient le bord de leur chapeau devant leurs yeux et se préparaient à une sieste digestive qui leur permettrait de récupérer quelques forces avant de reprendre leur dur labeur jusqu'à la fin du jour. Faisant contre mauvaise fortune bon cœur, Antonin, qui savait ce rituel inévitable, y sacrifia lui aussi, sachant parfaitement que sa charrette ne serait pas chargée avant l'issue de la sieste et que, pendant le chargement de celle-ci, il lui restait encore une chance d'en savoir un peu plus à propos de Clément Mialet, qui, selon toute vraisemblance, avait déjà quitté les lieux. Perdu dans ses pensées et fatigué par son ascension matinale, il s'endormit sans même s'en rendre compte et c'est la caresse presque froide de la brise de l'après-midi qui le ramena à la réalité.

Ouvrant les yeux, il s'aperçut qu'il était le dernier réveillé et que déjà les charbonniers s'activaient autour de son attelage. Les uns, un peu à l'écart sous la ramure des premiers arbres de la forêt, remplissaient les sacs de toile de jute d'un charbon de bois d'un noir étincelant, faisant surgir de temps à autre des nuages d'une poussière scintillante qui semblait se coller instantanément à leur peau et à leurs vêtements. Les autres venaient régulièrement récupérer les sacs ainsi remplis pour les entasser méthodiquement dans la charrette. S'étirant paresseusement, il finit par se décider à se lever, afin de compter les sacs déjà entassés et équilibrer la charge. Très volubiles pendant le repas, les charbonniers avaient en revanche pour habitude de parler très peu pendant leur travail, et Antonin se dit qu'il allait devoir redescendre sans en avoir appris plus sur Clément Mialet, et surtout sans avoir pu lui remettre la lettre de Mélanie Estournet.

Après avoir rapidement expédié le chargement de la charrette et avoir reçu leur dû, les charbonniers s'éloignèrent aussitôt, pour mettre en sacs le contenu des deux dernières charbonnières de l'année qui avaient maintenant fini de se consumer à la lisière du bois de fayards. Un charron de Colognac devant passer les chercher le lendemain, il fallait terminer rapidement, puis ce serait le départ vers la plaine, laissant le mont Liron et ses forêts à la solitude désertique des pluies de l'automne et des neiges de l'hiver.

L'un des charbonniers, qui ne parlait pas un mot de français, resta pourtant aux côtés d'Antonin, l'aidant aux ultimes préparatifs avant le départ de la charrette et semblant hésiter à lui adresser la parole. Puis, au moment où il allait lancer sa jument en lui adressant un au revoir de la main, Antonin le vit lui faire signe de le suivre et l'amena directement, sans un mot, à la cabane des charbonniers, située à l'orée du bois, sous les premiers fayards, à quelques dizaines de mètres de là. Antonin le suivit, un peu étonné, car il n'était pas dans les habitudes des charbonniers de conduire les visiteurs jusqu'à leur campement, et ce qu'il y vit quand il arriva devant la cabane lui permit de mieux comprendre pourquoi.

Au milieu d'une minuscule clairière, coincée entre les deux énormes troncs de fayards centenaires, une cabane en pierre très basse semblait s'enfoncer dans le sol moussu sous le poids d'une toiture incertaine, faites de branches et d'herbes entrelacées dans le plus grand désordre. Face à l'entrée, quelques pierres rondes devant habituellement servir de sièges sommaires surnageaient au milieu d'un mélange de boue et de feuilles séchées, jonché de débris de nourritures méconnaissables et exhalant une indéfinissable odeur de rance et de pourri. Aux alentours, sur les branches les plus basses, se balançaient mollement de vieux vêtements en lambeaux, noirs de charbon et de crasse agglomérée par la sueur, séchant là sans être lavés entre deux journées de travail. Planté devant l'entrée de la masure et scrutant avec dégoût les alentours, Antonin vit le charbonnier commencer à pénétrer à l'intérieur de celle-ci et, s'arrêtant brièvement sur le seuil, lui faire signe de le suivre.

Hésitant et se demandant surtout s'il avait bien interprété son geste, il resta d'abord immobile, puis le voyant réitérer son mouvement de la main, il s'approcha de l'ouverture fermée sommairement par une espèce de tissu crasseux faisant office de porte. D'abord, il dut se baisser pour pouvoir pénétrer à l'intérieur et, lorsqu'il engagea la tête sous le linteau, fut giflé par une odeur insoutenable. Dans une moiteur étouffante, des exhalaisons de moisissures se mêlaient intimement avec des effluves humains et des relents de nourriture croupissante. Tout cela lui piquait le nez et provoquait une nausée qui manqua le faire sortir en vomissant de cet antre infernal.

Résistant vaille que vaille à cette irrépressible envie de fuir le cloaque, il cligna plusieurs fois des paupières avant de pouvoir distinguer quelque chose dans la pénombre ambiante. Puis, écarquillant les yeux, il distingua un enchevêtrement de paillasses éventrées sur lesquelles les charbonniers avaient dû passer leurs nuits au cours de la saison et qui semblaient grouiller de vermine. Enfin, s'habituant progressivement à l'obscurité, il distingua dans l'angle de la pièce, tassée contre un mur ruisselant d'humidité, une forme humaine allongée, jetant des regards étincelant de fièvre. Restant interdit pendant quelques secondes devant l'étrange spectacle, il finit par reconnaître sur le visage torturé de douleur les traits juvéniles de Clément Mialet et ressentit immédiatement une angoisse lui serrer la poitrine.

Ne pouvant détourner le regard, il fixait impuissant le corps amaigri et sale du jeune homme, parcouru de temps à autre par des frissons qui lui arrachaient une plainte sourde. Malgré ses yeux grands ouverts sur le vide, il semblait sans connaissance et ne réagit à aucun moment à la présence des deux hommes. Comme pour mieux le lui signifier, le charbonnier passa plusieurs fois la main devant son regard absent, sans qu'aucune réaction ne se dessine sur son visage. Ensuite, toujours sans un mot, il souleva le tissu qui lui tenait lieu de couverture, répandant dans la pièce une odeur encore plus forte et montra du doigt à Antonin la jambe droite du malade. Sous un pansement de fortune souillé de pus et de sang séché, un genou affreusement enflé présentait une peau luisante et violacée, ne laissant aucun doute sur le degré avancé de l'infection qui semblait gagner du terrain de minute en minute et lançait maintenant de sinistres zébrures à l'assaut de la cuisse.

Croisant leur regard, les deux hommes échangèrent une moue dépitée qui en disait long sur la gravité de la blessure et le charbonnier entreprit alors de mimer à Antonin les circonstances de l'accident qui avait conduit Clément Mialet à cet état. D'un geste des deux mains sans équivoque, exécuté en répétant en italien « serpe, serpe... », il lui fit très rapidement comprendre qu'un coup de *poudet*[1] était à l'origine de l'accident. Peu habitué aux travaux forestiers et au maniement de l'outil, Clément Mialet avait donc fini par se blesser lui-même. En essayant d'ébarber une grosse branche qu'il tenait devant lui, il s'était profondément entaillé juste au-dessus du genou cinq jours auparavant et les conditions d'hygiène désastreuses ainsi que la faiblesse de son état de santé avaient fait le reste.

Maintenant, le charbonnier recommençait à faire des gestes désordonnés qu'il ne parvint pas à interpréter tout de suite, mais qui semblaient indiquer que le malade devait absolument quitter la cabane. Perplexe, c'est alors qu'Antonin vit le visage d'un second charbonnier s'encadrer dans l'ouverture, lui faisant signe de sortir pour le rejoindre. C'était celui qui parlait le mieux le français et qui semblait être le chef du petit groupe. Lorsque Antonin l'eut rejoint

1. Poudet : serpe recourbée utilisée en Italie et dans les Cévennes méridionales pour couper les buissons et les ronces.

à l'extérieur et qu'ils se furent éloignés de quelques pas dans la forêt, il attaqua sans détour :

« Voilà presque quinze jours maintenant que nous est arrivé ce type, que deux de mes charbonniers ont ramené de Lassalle, parce qu'on manquait de bras pour finir les dernières charbonnières avant l'automne. La belle affaire ! Il ne savait rien faire et il nous retardait plus qu'autre chose, alors on l'a mis à ébarber les branches et à faire des petits travaux. On a bien vu qu'il était plutôt de la ville et que, s'il était là, c'est qu'il ne pouvait pas rester en bas, mais ce n'était pas notre affaire. Comme on allait quitter le Liron, on s'est dit qu'il se débrouillerait tout seul quand on serait partis. Seulement voilà, ce couillon, il a fallu qu'il se fasse mal ! Et pas qu'un peu encore ! Un après-midi, voilà cinq jours, il s'est fichu un grand coup de serpe, s'ouvrant tout le dessus du genou. Sur le coup, il saignait tellement qu'il s'est évanoui. On l'a soigné comme on a pu, mais vous avez vu le résultat.

– Et vous n'auriez pas pu le descendre avant ? répliqua Antonin, dépité par la situation.

– Le redescendre ! Et comment donc ? C'est qu'on n'a pas de charrette à nous ici et puis, de toute façon, quand il a commencé à avoir de la fièvre et à délirer, à parler tout seul, on a bien compris qu'il ne voulait pas descendre parce que les gendarmes le cherchaient. Alors, avec le travail qui restait à faire en si peu de temps, on s'est dit que ça pourrait attendre quelques jours, le temps qu'on finisse. En fait, on voulait le laisser là avec de quoi manger et boire et, en passant à Saint-Martial ou à Sumène, signaler sa présence là-haut pour que quelqu'un s'en occupe.

– Seulement voilà, il est allé plus vite que vous, gronda Antonin qui sentait la colère monter. Et maintenant, vous êtes en train de vous dire que je pourrais me charger de le redescendre avec ma charrette et que vous seriez ainsi débarrassé de cet encombrant fardeau.

– Ben oui », avoua le charbonnier sans avoir le courage de soutenir le regard d'Antonin.

Faisant quelques pas à l'écart, Antonin essaya en quelques secondes de calmer sa colère et de réfléchir aux conséquences prévisibles de cette éventualité et aux choix qui s'offraient à lui. Il eut beau tourner et retourner la situation dans tous les sens, une seule conclusion s'imposait à son esprit, il s'était mis dans de beaux draps et ne voyait absolument pas comment en sortir. Les images d'Abel et de Mélanie Estournet tourneboulaient sans cesse dans son esprit. Il sentait bien que cette situation devenait très difficile, mais il n'entrevoyait aucune solution. Au bout d'un long moment, sentant le regard pesant des deux charbonniers dans son dos, une évidence lui apparut enfin : ces hommes n'hésiteraient pas à abandonner Clément Mialet à son triste sort avant quarante-huit heures et il n'y aurait alors aucun doute sur l'issue de cette affaire, s'il n'était déjà pas trop tard d'ailleurs. Au moins, en redescendant Clément Mialet, il allait sauter à pieds joints dans de gros ennuis, il en était bien conscient, mais au moins son honneur serait sauf.

Sa décision était prise, mais maintenant il lui fallait faire vite et, d'un simple hochement de tête, il fit signe aux charbonniers qu'il donnait son accord. Instantanément, le soulagement put se lire sur leurs visages hirsutes et, sans plus attendre, les deux hommes pénétrèrent à l'intérieur de la cabane et en ressortirent quelques secondes plus tard, transportant sans ménagement Clément Mialet, toujours semi-inconscient, mais qui se remit à émettre des plaintes plus appuyées. C'est alors que ce dernier sembla enfin reconnaître Antonin et lui adressa un sourire fatigué. Avec des mots simples prononcés avec chaleur, Antonin entreprit de lui expliquer qu'il avait pu remettre sa lettre à Mélanie Estournet et que celle-ci lui avait demandé de revenir le chercher pour le conduire auprès d'elle. Ce pieux mensonge sembla satisfaire son esprit embrumé et il se laissa sombrer à nouveau dans une inconscience fiévreuse.

Comme un fardeau encombrant, il fut installé du mieux possible dans le peu de place libre laissé par les sacs de charbon, calé du mieux possible contre les ridelles de la charrette. À un moment donné, il ouvrit brièvement les yeux et promena un regard apeuré alentour, ne réalisant pas vraiment ce qui lui arrivait. Il prononça alors faiblement le prénom de Mélanie entre ses lèvres à peine entrouvertes, puis retomba dans une torpeur lourde. Antonin remarqua bien alors que de sa blessure s'écoulait régulièrement un liquide brunâtre, mais, ne sachant que faire, il décida que le mieux était de redescendre le plus vite possible à Saint-Martial, où il serait bien obligé de mettre son ami Abel dans la confidence. Sans plus attendre, il claqua du fouet sur la cuisse de sa jument qui ébranla l'attelage et s'éloigna sur la crête du Liron, sans même adresser un geste d'au revoir aux charbonniers.

Pour ne rien arranger, le petit vent aigrelet qui avait considérablement forci durant l'après-midi avait fini par hisser les nuages gris venus de la mer jusqu'au sommet du mont Liron et il se mettait maintenant à tomber une pluie fine, mais déjà froide, alors que des bancs de brume montaient par vagues à l'assaut des flancs pelés de la montagne. C'est dans ce singulier équipage qu'Antonin entama sa descente, se retournant toutes les cinq minutes pour voir si son passager supportait les premiers chaos du chemin. De fait, il semblait dormir profondément, comme anesthésié par une fièvre qui semblait augmenter sans cesse, gémissant seulement de temps à autre, lorsqu'une secousse particulièrement marquée faisait cogner sa jambe contre le bord de la charrette.

Aux interminables landes de bruyère battues par le vent et la pluie succédèrent les sombres chemins serpentant sans fin sous la forêt de fayards, puis de chênes. Petit à petit, la pluie froide qui tombait maintenant sans discontinuer s'insinuait partout sous ses vêtements, le glaçant jusqu'aux os et raidissant ses articulations endolories par la longue descente. Ce trajet, qui lui paraissait à l'habitude si agréable lorsque le soleil brillait, s'était aujourd'hui transformé en un long calvaire et il en vint à se demander s'il n'avait pas un peu présumé de ses forces en entamant cette descente avec un tel chargement. Il se dit également qu'il lui fallait envisager la possibilité que son passager ne supporte pas un tel trajet, effectué dans des conditions aussi pénibles. D'ailleurs, se retournant pour vérifier dans quel état il se trouvait, il grimaça en le voyant trempé jusqu'aux os, inconscient et déjà pâle comme un cadavre.

Après deux heures de descente à ce train et alors que le sommet du Liron était désormais bien loin dans leur dos, Antonin entrevit avec un incommensurable soulagement les toits du village et pressa le pas. Il réfléchissait maintenant à la façon dont il pourrait y pénétrer avec son encombrant colis, sans attirer l'attention des personnes qu'il pourrait croiser. Stoppant son attelage, il entreprit de faire reprendre connaissance à Clément Mialet. Sans vraiment y parvenir, il put tout de même lui faire entrouvrir les yeux, obtenant seulement de sa part un vague hochement de tête approbatif lorsqu'il lui expliqua qu'il allait être obligé de le recouvrir à l'aide d'une bâche de toile grossière, au moment de pénétrer dans le village, afin de ne pas attirer l'attention des personnes qu'ils ne manqueraient pas de croiser jusqu'au café d'Abel. Après tout, avec le temps pluvieux, la charrette recouverte d'une bâche n'étonnerait personne et cela lui laisserait au moins le temps de décider avec Abel de ce qu'ils pouvaient faire.

Ainsi équipés, Antonin et son équipage montèrent péniblement le dernier raidillon donnant accès au village alors que 6 heures sonnaient au clocher de l'église et, après avoir croisé plusieurs habitants qu'il salua brièvement, le plus naturellement possible, il immobilisa sa charrette devant le café d'Abel.

Quelques enfants qui jouaient sur la place du village, autour du calvaire, lui firent une belle frayeur lorsqu'ils essayèrent par jeu de soulever le bord de la bâche pour voir le chargement de la charrette. Il les rabroua alors plus que de raison et son intervention menaçante, la main levée, en signe de taloche imminente, les dispersa immédiatement. La scène n'ayant pas eu d'autres témoins, il commença à grimper les marches de la terrasse du café, ne sachant toujours pas comment il allait pouvoir annoncer la chose à Abel.

IV

Un jeune médecin de campagne

En médecine, le cabriolet est plus nécessaire que le savoir.

Honoré DE BALZAC

Saint-Martial, dans la soirée du vendredi 12 septembre 1913…

EN PÉNÉTRANT DANS LA SALLE enfumée du café, Antonin eut la désagréable surprise de constater que celle-ci était bondée, en cette heure apéritive, et qu'Abel semblait quant à lui très occupé à servir les nombreux clients, à tel point qu'il ne prêta même que peu d'attention à son arrivée.

Un peu décontenancé, mais sachant que le temps pressait et qu'à tout moment n'importe qui pouvait soulever la bâche de la charrette, Antonin traversa la salle et agrippa Abel, qui revenait de débarrasser une table, portant à bout de bras un plateau chargé de verres vides. Sans lui laisser le temps de le reposer, il l'entraîna ainsi jusque dans la cuisine, à l'abri du regard des clients :

« Mais qu'est-ce que tu fais, Antonin ?

– Écoute-moi, Abel, je vais te demander de faire quelque chose et j'aimerais que tu ne me poses pas de questions.

– Écoute, tout ce que tu veux d'ici une heure, mais maintenant c'est pas le moment, c'est le coup de feu de l'apéritif.

– Non, maintenant, reprit Antonin d'un air grave en plantant son regard dans celui de son ami.

– Non mais tu es vraiment bizarre en ce moment ! C'est vraiment si important que ça ?

– Bien plus que tu ne le crois. Alors, on y va ?

– Mais qu'est-ce qu'il faut donc que je fasse de si pressé ?

– Tu descends ouvrir le portail de la cave du café qui donne sur la place et tu m'aides à reculer la charrette jusqu'au fond.

– Mais bon sang, Antonin ! On peut quand même attendre cinq minutes avant de la décharger, ta charrette.

– Fais-le maintenant, je te dis ! Et débrouille-toi surtout pour que personne ne nous voie.

– Voilà autre chose, maintenant. Mais ça n'intéresse personne, ton chargement de charbon, tu sais. Tu es vraiment tombé sur la tête.

– Malheureusement non. Allez, il n'y a pas de temps à perdre, je t'attends en bas, passe par-dedans et ouvre vite de l'intérieur », insista-t-il en le poussant dans l'escalier.

Constatant qu'aucun curieux ne traînait autour de l'attelage, Antonin bénit la pluie qui continuait à tomber, interdisant la terrasse aux clients du café et cantonnant les gens chez eux. C'est donc sur une place déserte qu'il put manœuvrer la charrette pour la présenter par l'arrière à la porte de la cave du café, qu'Abel était en train d'ouvrir de mauvaise grâce.

Sous les grandes voûtes de la cave sombre reposait le trésor du café : des pans de mur entiers tapissés de bouteilles les plus diverses, stockées là au frais, à l'abri de la canicule estivale et du gel de l'hiver, et, surtout, deux immenses fûts contenant le vin qu'Abel produisait en assez grande quantité pour satisfaire aux obligations de son commerce. Avec des gestes nerveux qui commençaient à affoler sa jument, Antonin essaya de faire pénétrer aussi loin que possible la charrette sous les voûtes, devant les yeux incrédules d'Abel :

« Mais qu'est-ce que tu fabriques ? Tu le vois bien qu'elle ne peut aller plus loin, ta charrette. Arrête donc, tu vas finir par écraser quelque chose.

– Voilà, voilà, c'est bon comme ça. Allez, donne-moi un coup de main pour décharger.

– Ah ! non, écoute, j'ai cédé à ton caprice pour rentrer la charrette, mais pour ce qui est de décharger, ça attendra un peu. J'ai des clients qui m'attendent là-haut, moi ! Entends-moi ce brouhaha, ça veut dire qu'il y en a qui s'impatientent en attendant leur apéritif. Allez, il faut vraiment que j'y aille maintenant.

– Juste une seule chose à décharger, Abel, et après, tu vas voir, tu seras moins pressé de retourner à ton service », dit-il d'un air énigmatique en débâchant la charrette avec des gestes nerveux.

L'effet produit fut immédiat. Restant la bouche grande ouverte devant le spectacle du corps de Clément Mialet gisant sans connaissance au milieu des sacs de charbon, Abel s'essuyait nerveusement les mains à son torchon de service, ne trouvant aucun mot à la hauteur de la surprise :

« Bon, maintenant, tu vois bien que c'était important quand même. Alors aide-moi à le descendre de là.

– Mais qui c'est ? bégaya Abel.

– Ben, pour l'instant, on va dire que c'est un charbonnier, d'accord ?

– Un charbonnier, mais il est mort alors !

– Pas complètement, mais très mal en point, ça c'est sûr. Alors, je crois qu'il vaut mieux ne pas perdre de temps et le mettre en lieu sûr.

– Mais qu'est-ce qu'il a ? interrogea Abel très inquiet en avisant le sang séché qui maculait la jambe.

– Écoute, n'importe qui peut arriver, alors, si tu veux bien, on pourrait l'amener ailleurs d'abord et je t'expliquerai ensuite, d'accord ?

– Mais pourquoi il faut que personne ne le voie ?

– Ça aussi, si tu veux bien, je te l'expliquerai après, reprit Antonin exaspéré, qui déployait des efforts désespérés pour garder patience.

– Et où tu veux le mettre ?

– Ben chez toi, tu as bien une chambre pour l'allonger, non ?

– Non mais tu manques pas d'air, toi ! s'écria Abel qui reprenait doucement pied dans la réalité. Tu te rends compte de ce que tu me demandes ? Tu me demandes de prendre chez moi un moribond, un parfait inconnu à qui je ne sais pas ce qu'il est arrivé, mais que personne ne doit voir ici. Je ne sais pas dans quelle histoire tu es allé te fourrer, mais, ce que je sais, c'est que si je fais ce que tu me demandes je vais y être fourré avec toi et que ça ne présage rien de bon.

– Et alors, qu'est-ce que tu proposes ? De le laisser mourir au fond de la charrette ! s'écria Antonin en accompagnant ses propos de gestes désordonnés, comme pour mieux se faire comprendre.

– Non, on va faire ce qu'il faut pour le soigner s'il est encore temps, mais ce qui m'embête le plus c'est qu'il ne faille en parler à personne.

– C'est sûr que c'est là le plus gênant, mais, en tout cas, je peux au moins t'assurer qu'il s'agit bien d'un accident et non d'un autre genre d'affaire. Mais en revanche, je peux aussi te dire que ce type-là n'a pas intérêt à rencontrer les gendarmes.

– Bon, écoute, on perd du temps, on s'expliquera après et là je te garantis que tu me diras tout, mais pour l'instant qu'est-ce qu'il a exactement, ton bonhomme ?

– Je ne suis pas docteur, mais je dirais qu'après avoir pris un bon coup de poudet sur le genou il y a quelques jours il est en train de faire une belle infection qui se généralise.

– Mais alors il lui faut un docteur tout de suite ou sinon c'est la fin pour lui.

– Ben oui, ça c'est sûr, alors on le monte ou pas ?

– C'est bon, on y va. À côté de ma chambre, au fond du couloir, à l'étage au-dessus de la salle du café, il y a la chambre de ma mère. Depuis sa mort, elle n'a plus servi, mais j'ai toujours laissé le lit et les meubles, on pourrait l'installer là en attendant.

– Le problème, c'est qu'en montant par l'escalier intérieur on va déboucher dans la cuisine et que, si la porte est ouverte, les clients risquent de nous voir de la salle.

– Ne t'inquiète pas, j'ai fermé la porte derrière moi en descendant. On doit pouvoir y aller comme ça et, de la cuisine, monter directement à la chambre. Là, tu t'occuperas un peu de lui, parce que, si je ne retourne pas servir les clients, ça va être la révolution là-haut et puis, à force, il y en a bien un qui va venir voir ce qui se passe.

– Bon, d'accord, et puis dès que je l'aurai installé il faudra que je file à Sumène chercher un docteur, sinon il n'ira pas loin. En montant ma jument, je n'en ai pas pour plus de deux heures ; j'espère simplement qu'elle tiendra le coup après la journée qu'elle a eue.

– Mais qu'est-ce que tu vas bien pouvoir raconter au docteur ?

– Franchement, je ne sais pas. Je lui dirai juste qu'il faut qu'il monte pour un charbonnier gravement blessé et intransportable, en lui expliquant ce qu'il a, et puis, quand il sera là, j'aviserai.

– Bon, écoute, on n'a pas le temps de réfléchir plus, tu n'as qu'à faire comme ça.

– D'accord, d'accord, allez, on y va, attrape-le sous les épaules. »

Sans plus attendre, Abel et Antonin grimpèrent péniblement l'escalier en colimaçon avec leur embarrassant fardeau inanimé et arrivèrent sans encombre dans la chambre où ils l'installèrent du mieux possible dans le lit. Sans s'attarder, Abel laissa Clément Mialet aux bons soins d'Antonin et s'en fut reprendre son service, se composant un air guilleret censé masquer son angoisse persistante face à l'extravagante situation dans laquelle venait de le fourrer son ami.

Antonin, quant à lui, avait entrepris d'installer au mieux le moribond, le débarrassant de ses frusques répugnantes et de son pansement en lambeaux, avant de le débarbouiller sommairement à l'aide d'un broc d'eau et d'une cuvette, qu'il trouva dans le cabinet de toilette attenant à la chambre d'Abel. Ce faisant, il entendit avec satisfaction quelques gémissements lorsqu'il commença à décoller la bande de toile qui recouvrait la plaie et que le pus avait agglutinée en une sorte de croûte adhérente. C'était déjà une première satisfaction pour lui de savoir que, faute d'avoir réellement repris connaissance, Clément Mialet vivait toujours malgré l'effroyable descente qu'il avait dû endurer depuis le mont Liron. Poursuivant sa tâche avec difficulté, tant ce qui tenait lieu de pansement avait été collé par des écoulements répétés, il observait maintenant ses bras s'agiter et sa tête rouler d'un côté et de l'autre. Subitement, alors qu'il venait de décoller d'un coup sec la dernière partie du pansement, arrachant une grosse croûte purulente, les yeux de Clément s'ouvrirent tout à coup sous l'effet de la douleur et balayèrent rapidement les murs de la pièce, puis fixèrent Antonin, avec une expression de surprise et d'angoisse mêlées.

Essorant le linge blanc qui trempait dans le broc, Antonin en épongea délicatement le front de Clément Mialet et profita de sa semi-conscience pour verser un verre d'eau entre ses lèvres boursouflées, s'écaillant déjà en de multiples croûtes brunâtres. C'est alors que la main du malade se posa sur son bras, si légère qu'il la sentit à peine. Entre les lèvres tuméfiées filtrèrent quelques mots :

« Je dois redescendre à Ganges... Mélanie m'aidera.

– Je sais, je sais, reprit doucement Antonin, mais d'abord il faut faire venir un docteur, car vous ne pourriez pas aller bien loin ainsi.

– Pas un docteur, s'il vous plaît... pas les gendarmes.

– Les gendarmes non, rassurez-vous donc, mais un docteur, c'est obligé, sinon vous ne pourrez aller nulle part. Et surtout pas à Sète », lâcha Antonin d'une voix paternelle pour signifier à son interlocuteur qu'il savait tout de son histoire et qu'il était inutile qu'il essaie de lui cacher des choses.

Levant vers lui ses yeux fiévreux, Clément Mialet se redressa un peu dans le lit et planta son regard dans le sien, reprenant avec anxiété :

« Le docteur Chablais de Sumène, pas un autre.

– C'est d'accord », lui répondit Antonin d'une voix qu'il fit la plus douce possible, tout en continuant à éponger son front fiévreux.

Puis il sombra à nouveau dans sa torpeur, laissant Antonin perplexe devant l'indicible angoisse qui semblait être celle de Clément. Le considérant ainsi allongé, inconscient et si fragile face à tous les dangers qui le guettaient et face à un avenir si sombre, il fut pris de pitié pour lui et, presque dans un réflexe, passa doucement la main sur son front transpirant de fièvre. Cela renforça sa détermination de lui venir en aide et, après être ainsi resté plongé dans ses pensées durant quelques secondes, il finit par se lever et par quitter la chambre à reculons, à pas de loup, pour ne pas réveiller le moribond.

Redescendant par l'escalier intérieur jusqu'à la cuisine, Antonin héla discrètement Abel qui poursuivait son service et lui fit un signe discret pour qu'il vienne le rejoindre dans la cuisine :

« Voilà, ça y est, il est couché et j'ai un peu nettoyé la plaie, maintenant ça attendra le docteur. Je descends tout de suite le chercher.

– Où ça ?

– Ben, à Sumène, c'est le plus près, et puis notre pensionnaire m'a réclamé le docteur Chablais de Sumène et pas un autre. Je parierais qu'ils se connaissent bien.

– C'est sûr qu'un charbonnier qui connaît bien le docteur de Sumène, ça va de soi… lança Abel, goguenard.

– Bon, écoute, j'y vais et on s'expliquera après, d'accord ? coupa Antonin, mal à l'aise ; et joignant le geste à la parole, il s'engouffra dans l'escalier menant à la cave.

Une fois descendu, il dételа la jument de la charrette et, sans plus attendre, l'enfourcha à cru pour descendre la rue principale du village, puis s'engager sur la route de Sumène où, malgré la fatigue, sa monture accepta sans rechigner de tenir un petit trot soutenu. À ce train, Sumène n'était pas à plus d'une heure et, dans l'euphorie de sa chevauchée, il lui sembla soudain, même si ces dernières heures avaient été parmi les plus angoissantes de sa vie, que tout pouvait encore s'arranger. Ne se souciant pas de la pluie fine et régulière qui ne cessait plus de tomber, il songeait seulement aux explications qu'il allait devoir donner aux uns et aux autres à propos de la tournure prise par les événements au cours des dernières heures.

Antonin arriva à l'entrée de Sumène à la nuit noire. Il savait par ses tournées que deux médecins exerçaient dans le bourg : l'un âgé, installé depuis fort longtemps et connu de tous depuis des années ;

et l'autre beaucoup plus jeune, le docteur Julien Chablais, franc-comtois d'origine, ayant terminé récemment sa médecine à Montpellier. Il était venu s'installer là car il y reprenait progressivement la clientèle de son aîné de confrère qui ne tarderait plus à partir à la retraite. Ce dernier ayant d'ailleurs déjà commencé à renoncer aux visites lointaines et confiant déjà une bonne partie de ses patients éloignés aux bons soins de son jeune remplaçant.

Se conformant à la volonté de Clément Mialet, Antonin s'en fut directement vers le domicile de celui-ci, qu'il savait situé en plein centre du village. Les rues étroites de Sumène, luisantes de pluie à la lumière pauvre des quelques réverbères qui tachaient de lumière la noirceur des murs, étaient absolument désertes. Seuls les paquets d'eau vomis à intervalles réguliers par de longues gouttières troublaient le silence inquiétant d'un début de soirée déjà hivernal.

Après avoir cherché un long moment la bonne maison, Antonin finit par repérer, juste à côté d'une porte cochère miteuse, une plaque de cuivre où figurait le nom de Julien Chablais.

Essayant d'abord, sans résultat, de faire tinter une petite cloche fixée au mur, il ne tarda pas à cogner fermement du poing sur la porte et, après d'exaspérantes secondes d'attente, des pas résonnèrent enfin. Le visage du docteur Chablais s'encadra dans l'entrebâillement de la porte. Un visage long, grave et inexpressif, dans l'expression duquel on ne pouvait déceler aucune chaleur humaine et dont le regard froid se bornait à fouiller sans pitié au plus profond des yeux de son interlocuteur. Sans plus attendre, il fit entrer sous le porche le visiteur du soir et, le saluant d'un signe de tête, s'enquit sans détour du motif de sa visite qui, au vu de l'heure tardive, ne pouvait que concerner une urgence :

« Bonsoir, de quoi s'agit-il ?

– D'un charbonnier du Liron qui s'est donné un coup de poudet au genou voilà plusieurs jours, entama prudemment Antonin, jugeant inutile et risqué d'en dire plus pour l'instant. Il a tardé à être soigné et, maintenant, il semble que l'infection gagne. J'ai pu le redescendre jusqu'à Saint-Martial avec ma charrette, mais ce n'était pas raisonnable d'aller plus loin. C'est lui-même qui m'a donné votre nom, voilà pourquoi je suis descendu vous chercher.

– Un charbonnier, dites-vous, je n'en compte pourtant aucun parmi mes connaissances, reprit le jeune médecin très surpris et quelque peu méfiant, mais peu importe, nous verrons bien cela sur place. Mais à propos, vous faites vous-même partie des charbonniers du Liron ? ajouta-t-il, circonspect, en dévisageant Antonin avec une minutie peu ordinaire.

– Eh bien ! non, balbutia-t-il, un peu déstabilisé. Je suis colporteur et mes occupations m'ont amené à…

– Parfait, parfait, coupa-t-il sans ménagement, et ça fait combien de jours, le coup de poudet ?

– Cela va faire six jours.

– Six jours, reprit pensif le médecin, dans quel état se trouve-t-il ?

– Inconscient, avec un genou démesurément enflé et puis, surtout, il est quasiment inconscient et très fiévreux.

– Autant dire qu'il faut faire vite. »

Avisant la jument d'Antonin attachée un peu plus loin sous la pluie, il ajouta :

« Pour gagner du temps, je vous propose de rentrer votre jument dans l'écurie attenante à ma maison puis d'atteler mon cheval, qui est frais, au cabriolet qui s'y trouve rangé. En attendant, je vais préparer une trousse avec ce qu'il faut pour essayer d'arrêter cette infection avant qu'il ne soit trop tard.

– D'accord, je fais le plus rapidement possible. »

En quelques minutes, Antonin mit à l'abri sa jument, qu'il prit même le temps de bouchonner à l'aide de quelques brassées de paille, puis, une fois sa mangeoire pleine, il s'attacha à harnacher le cheval du docteur Chablais et à l'atteler au cabriolet léger. C'était un attelage moderne, qui comportait juste deux grandes roues très fines, une banquette où pouvaient prendre place deux personnes, une bâche de protection en cas de pluie et un tout petit coffre permettant au médecin de transporter les instruments nécessaires à la pratique de son métier. Le tout ne pesait pas plus de cent cinquante kilos et permettait, avec un cheval puissant comme celui du docteur, de couvrir de grandes distances avec rapidité et confort, pour peu que le revêtement des routes le permette.

À peine Antonin eut-il terminé que le docteur Chablais fit irruption dans l'écurie, deux grosses mallettes à la main. Immédiatement, il les fourra au fond du coffre et prit les rênes de l'attelage en lui demandant de bien vouloir refermer les deux grands battants de la porte de l'écurie. Cela fait, Antonin le rejoignit sur la banquette et il lança sa monture hennissante à l'assaut de la rue principale du village, s'emmitouflant du mieux possible dans son large manteau pour se protéger de la pluie fine et glaciale qui s'abattait sur eux, malgré la bâche de protection. 9 heures finissaient de sonner au clocher alors qu'ils dépassaient les dernières maisons de Sumène.

Perdus dans leurs pensées, ils filaient maintenant à vive allure sur la route de Saint-Martial au pas léger du cheval, qui semblait prendre un malin plaisir à augmenter son allure. La lueur blafarde d'une nuit sans lune donnait un aspect irréel aux troncs cadavériques des vieux châtaigniers qui défilaient à toute vitesse de chaque côté de la route. Murés dans leur silence, les deux hommes, recroquevillés sur eux-mêmes, se perdaient chacun dans leurs pensées, comme pour mieux se préparer au dur et incertain combat qui les attendait au bout de la route.

Deux heures plus tard, le docteur Chablais, accompagné par Abel et Antonin, pénétrait dans la chambre à coucher où se trouvait le malade. Avant même de distinguer le malade dans la pénombre, il eut tout d'abord un mouvement de recul en percevant l'odeur putride qui avait déjà commencé à envahir la pièce. Puis, se rapprochant du lit, il eut un second sursaut. Il savait parfaitement qui était ce jeune homme au visage noirci par la crasse et, malgré sa pâleur et ses traits tirés par la fièvre, il le reconnut au premier coup d'œil. Précautionneusement, il écarta le drap de coton écru et se pencha alors sur le genou de Clément Mialet. Malgré tout son flegme, il ne put s'empêcher de grimacer, en évaluant la gravité des lésions provoquées par la propagation de l'infection. Froidement, il posa alors son diagnostic. Il avait affaire, à l'évidence, à une énorme infection qui ne tarderait pas à muter en une gangrène humide si rien n'était fait. De cela il était certain, car, au cours de ses deux dernières années d'études à la faculté de médecine de Montpellier, il avait été confronté à des cas similaires, et l'état comateux de son patient confirmait ce diagnostic.

En revanche, ce qui le rassurait, c'est qu'au vu de la jambe il savait pouvoir encore le sauver, car l'infection était beaucoup moins avancée qu'il ne le redoutait et il connaissait parfaitement le traitement à appliquer. Mais ce qui l'inquiétait en revanche, c'était la rapidité avec laquelle il lui fallait intervenir et les conditions dans lesquelles il allait devoir pratiquer cette intervention.

Préparant en hâte tout le matériel dont il allait avoir besoin pour opérer le genou, afin de le débarrasser de toutes les saletés qui provoquaient l'infection, il se dit qu'il ne pouvait compter que sur lui-même. En effet, Abel et Antonin avaient entamé depuis un bon moment, à l'étage en dessous, une explication houleuse, dont les éclats lui parvenaient distinctement. Antonin, après avoir exposé à Abel tous les détails de sa situation, subissait maintenant sa colère :

« Écoute Antonin, c'est le bouquet maintenant, tu m'expliques que tu as ramené jusque dans mon café un insoumis, déjà recherché par les gendarmes, et tu voudrais que je reste calme !

– Mais écoute, ce n'était pas prévu ça. Je devais seulement faire passer un des ses courriers jusqu'à Ganges et puis lui en remonter un autre au Liron. Si tout s'était passé comme prévu, tu n'en aurais même pas entendu parler, bredouilla Antonin, essayant désespérément de se justifier en accompagnant son propos de gestes désordonnés.

– Alors en plus, tu aurais gardé le secret pour toi et tu m'aurais pris pour un couillon jusqu'au bout, à chaque fois que tu serais monté au Liron, rétorqua son ami d'un air pincé.

– Non, en fait, je voulais que tout cela se termine sans histoires et après je t'en aurais parlé et nous en aurions rigolé un bon coup entre nous.

– Alors que là, on va rire avant même que ce ne soit terminé ! ajouta-t-il avec un humour grinçant qui glaça Antonin.

– Dis, tu ne vas pas faire le couillon et en parler aux gendarmes ? demanda-t-il, réellement inquiet.

– Et alors, qu'est-ce que ça peut te faire à toi ? Tu ne le connais même pas, ce Clément Mialet ! Et puis si jamais il clamse dans la chambre là-haut, qu'est-ce que tu crois que je vais pouvoir leur raconter, aux gendarmes ?

– Écoute, d'abord il n'est pas mort, et puis on peut toujours dire qu'on n'était pas au courant. On peut dire que je l'ai trouvé dans cet état au Liron, que je l'ai redescendu et qu'on a appelé le docteur pour lui porter secours. On n'est pas obligés de connaître son histoire et ce n'est pas Mlle Estournet qui ira crier sur la place publique que nous étions au courant.

– Là, au moins, tu as raison, il faut dire à tout le monde, à commencer par le docteur, que nous n'étions au courant de rien, mais cela ne me dit pas comment nous allons nous en débarrasser, lâcha Abel d'un air mauvais, que son ami ne lui connaissait pas.

À cet instant, leur conversation fut interrompue par un hurlement venu de l'étage et, après s'être brièvement regardés, ils montèrent les marches de l'escalier quatre à quatre pour s'enquérir de la situation.

Entrebâillant la porte de la chambre, ils trouvèrent le docteur Chablais rabattant le drap sur Clément Mialet maintenant inconscient, gisant, la bouche entrouverte dans une expression de douleur. Voyant la mine déconfite des deux compères dans l'entrebâillement de la porte, il ne put réprimer un petit rictus et leur déclara d'un air cynique :

« Eh bien ! voilà, je crois que la progression de l'infection sera plus facile à maîtriser maintenant que la plaie est propre et surtout qu'elle est débarrassée de ceci, ajouta-t-il en leur montrant un morceau d'étoffe répugnant, flottant dans le Dakin[1], au fond d'un petit bassin. J'étais quand même étonné qu'une plaie, finalement pas si grave que cela, ne s'infecte aussi rapidement, alors j'ai écarté les bords de celle-ci et j'ai découvert à l'intérieur, coincé entre les deux lèvres, cette étoffe souillée qui a dû s'arracher des vieux tissus qui ont été utilisés comme pansements et qui empêchaient la plaie de se refermer, et surtout la faisait suppurer abondamment. J'ai bien curé l'intérieur de la plaie. C'était évidemment extrêmement douloureux, voilà pourquoi vous avez entendu ce hurlement et pourquoi il vient de perdre connaissance. J'en ai profité pour poser un drain dans la plaie, ce qui va accélérer la guérison.

– Alors, il ne va pas mourir ? » chuchota bêtement Abel d'un air ahuri.

S'éloignant du lit, au cas où son patient reprendrait connaissance, le docteur les entraîna dans le couloir, refermant soigneusement la porte derrière lui, et reprit :

---

1. *Dakin : ancêtre des antiseptiques.*

« Non, je ne pense pas, mais en revanche il n'est pas prêt à se lever et à marcher.

– C'est-à-dire qu'il va devoir rester dans cette chambre combien de temps ? questionna Abel d'un ton angoissé.

– Au moins une dizaine de jours, qui nécessiteront des soins plusieurs fois par jour, et puis ensuite il y aura probablement une longue période de convalescence, pendant laquelle il lui faudra progressivement recommencer à marcher. »

Un silence consterné suivit cette révélation et les trois protagonistes se regardèrent longuement d'un air lourd de sous-entendus. Curieux de la tournure qu'allait pouvoir prendre la suite des événements, le docteur Chablais reprit :

« Je devrai également le visiter plusieurs fois au cours de ces prochaines semaines et il faudra bien sûr quelqu'un auprès de lui pour refaire régulièrement ses pansements, ainsi que pour le nourrir et le changer. »

N'obtenant toujours aucune réponse et notant l'air de plus en plus gêné d'Abel et d'Antonin qui gardaient les yeux baissés, il se décida à crever l'abcès :

« Qu'allez-vous donc faire de lui ? Il faut le savoir dès maintenant pour que je puisse prendre mes dispositions.

– Qu'il aille au diable, mais je ne veux pas qu'il crève chez moi ! s'écria subitement Abel dans un accès de colère incontrôlé qui fit sursauter Antonin.

Je l'ai recueilli et je veux bien le garder jusqu'à demain, le temps que tout s'organise, mais demain soir je veux qu'il soit parti. Tu m'entends, Antonin ? Tu trouves une solution, mais demain il a disparu d'ici !

– Mais enfin, il nous faudra beaucoup plus de temps pour nous retourner. Tu ne peux quand même pas envisager de le remettre sur les routes dans son état, essaya de plaider Antonin en l'entraînant un peu plus loin dans le couloir pour ne pas alerter le malade.

– Tu envisageais bien de me le laisser pendant je ne sais combien de temps, toi, et puis tu ne m'as pas demandé mon avis pour me le coller dans les pattes.

– Je te l'ai dit, je n'avais pas le choix

– Eh bien ! maintenant tu l'as. Ou tu m'en débarrasses dès demain, ou j'appelle les gendarmes, qui seront ravis de venir m'en débarrasser.

– Et pourquoi donc ? s'enquit le docteur Chablais, s'immisçant à propos dans la conversation.

– Parce que figurez-vous, mon bon monsieur, reprit Abel, que ce jeune homme n'est pas plus charbonnier que vous et moi, qu'il est porté déserteur depuis plusieurs semaines et recherché pour cela par les gendarmes de Saint-Jean-du-Gard. Et vous voudriez avec tout ça que je le garde chez moi ? Non, non et non, déjà bien beau que je ne dise rien jusqu'à demain. Que l'un de vous deux le redescende jusqu'à un endroit où il sera mieux soigné qu'ici et qu'on n'en parle plus. »

Dans sa colère, Abel ne remarqua pas le sourire entendu qui se dessina furtivement sur le visage du jeune médecin, lorsqu'il lui fit cette révélation, en revanche celui-ci n'échappa pas à Antonin.

Puis, évitant soigneusement le regard noir d'Antonin, Abel les planta au milieu du couloir et descendit alors l'escalier, comme pour signifier que sa décision était irrévocable. Le regardant s'éloigner, le docteur Chablais reprit d'un air énigmatique :

« Cela change bien des choses. Vous saviez donc qu'il était insoumis et vous vous êtes tout de même porté à son secours. Et aujourd'hui, il semblerait que votre ami vous lâche et exige de vous que vous le soulagiez de cette présence importune. Vous voilà dans de beaux draps. Que comptez-vous faire exactement ?

– Je n'en sais vraiment rien, répondit Antonin les yeux dans le vague en se grattant la tête d'un air indécis. Je suppose que je devrais, ou plutôt que nous devrions, redescendre à Sumène et expliquer la situation aux gendarmes, afin de nous dédouaner, lança-t-il prudemment, s'attachant surtout à jauger prudemment du regard la réaction du médecin.

– C'est certain, ce serait le plus raisonnable, reprit ce dernier.

– Oui, et si nous ne le faisions pas, nous deviendrions son complice et puis, de toute façon, nous ne savons pas où le garder pendant sa convalescence, hasarda très hypocritement Antonin.

– Ce sont là deux problèmes différents, attaqua Julien Chablais en se raclant la gorge, comme pour se lancer dans un exercice difficile. Le premier exige tout d'abord d'être en paix avec sa conscience, et c'est peut-être là le plus important. Mais à ce propos, je vous dois quelques explications, puisque vous me semblez être un homme honnête et d'honneur, pour avoir fait ce que vous avez fait hier, plutôt que de vous décharger de ce problème sur la force publique. Cela m'est en fait pour l'instant complètement égal que cet homme se trouve dans la situation dans laquelle il se trouve à cause de son insoumission à la loi Barthou. Ce n'est pas là, en tant que médecin, une raison valable pour ne pas lui apporter le secours urgent dont il a besoin. C'est même là le sens profond du serment d'Hippocrate que nous venons de prêter, voilà quelques mois, à l'issue de nos études à la faculté de médecine de Montpellier, et je ne voudrais pas le trahir déjà.

– Je vous remercie pour votre franchise, reprit Antonin abasourdi qui cligna des yeux plusieurs fois.

– Mais ce n'est pas tout. Je sais aussi qu'il s'agit de Clément Mialet, le fils unique de la grande famille Mialet d'Anduze, et je sais exactement dans quelle situation il se trouve, car l'écho de sa disparition du domicile familial est déjà parvenu à mes oreilles. »

Observant avec un air suffisant la mine ahurie d'Antonin pendant quelques secondes, il reprit très vite :

« Comme vous le savez, j'ai terminé l'an dernier ma médecine à Montpellier, où j'ai passé plusieurs années dans le milieu étudiant. La ville n'est pas si grande pour que l'on puisse y passer des années sans croiser un jour où l'autre les Cévenols venus y faire leurs études. Ils sont d'ailleurs peu nombreux et cherchent à se regrouper. Clément Mialet était une grande figure de ce petit monde, non par son travail bien sûr, mais plutôt par sa présence dans toutes les fêtes qui s'organisaient tout au long de l'année. Franchement, je ne peux pas dire que nous étions très bons camarades, car je n'ai jamais apprécié sa flemmardise et son peu de goût pour les études, mais nous nous sommes côtoyés tout de même pendant plusieurs années et je dois dire que cela m'a fait un choc de le retrouver dans cet état. Tout fils de bonne famille qu'il est, le voilà dans de beaux draps et j'avoue que j'en viens à le plaindre, lui à qui était promis un si bel avenir et une si grande fortune. De plus, son sort me touche personnellement, car je sais bien que, dès le début de l'année prochaine, je dois à mon tour tout abandonner pour partir moi aussi faire mes trois ans.

– Mais alors, vous l'avez reconnu tout de suite et vous n'en avez rien laissé paraître ?

– À quoi bon ? Cela n'aurait fait que compliquer la situation si je l'avais dit devant votre ami, qui ne me semble attendre rien d'autre que de se débarrasser de ce fardeau. D'ailleurs, c'est bien parce que Clément et moi nous connaissions déjà qu'il vous a demandé de venir me chercher. Dans la situation délicate où il se trouve, il a préféré s'en remettre à moi, plutôt qu'à un autre médecin, c'est logique. »

Un peu dépassé par la tournure prise par les événements, Antonin resta un instant silencieux, semblant hésiter, puis fixant Julien Chablais droit dans les yeux, il finit par reprendre :

« À mon tour d'honorer la confiance que vous me faites en vous disant comment exactement je me suis retrouvé mêlé à cette histoire… »

Dans la pénombre du couloir étroit, qui ajoutait du mystère à la scène, Antonin relata en peu de mots, le plus simplement possible, les événements qui s'étaient succédé au cours de ces dernières semaines, et en particulier l'essentiel de sa longue conversation avec Mélanie Estournet.

À l'évocation de son nom, le docteur Chablais, jusque-là impassible, sourit étrangement et, posant doucement la main sur l'épaule d'Antonin, lui annonça sans détour :

« Bien évidemment, inutile de vous préciser que je connais également bien Mélanie Estournet qui était inséparable de Clément Mialet pendant ses études à l'école normale de Montpellier, et le fait qu'il soit venu chercher assistance auprès d'elle me paraît bien naturel. En revanche, j'avoue ne plus avoir eu de nouvelles d'elle depuis son retour à

Ganges, au mois de juillet dernier. Toute cette histoire sera peut-être l'occasion de nouer enfin des liens, ajouta-t-il comme pour lui-même avec un sourire étrange.

– Eh bien ! elle doit prendre un poste d'institutrice ici même, à Saint-Martial, à la rentrée des classes dans quinze jours, clama fièrement Antonin sans vraiment réfléchir et pensant qu'il tenait là une nouvelle de taille à annoncer.

– Autant dire qu'il faut absolument que Clément Mialet soit parti d'ici là, pour qu'il ne puisse en rien la compromettre, reprit Julien Chablais avec un air calculateur.

– De fait, nous avions envisagé avec Mlle Estournet qu'il pourrait rester sur le Liron au camp des charbonniers jusqu'à ce qu'elle arrive ici, puis elle aurait facilité sa descente vers Sète où il voulait s'embarquer sur un bateau pour la Tunisie, où il voulait chercher asile chez le frère de sa mère. Seulement voilà, avec sa blessure, que faire de lui, puisqu'il ne peut pas rester ici ?

– Je pourrais l'accueillir chez moi provisoirement jusqu'à ce qu'une solution soit trouvée, lui permettant d'aller se mettre en lieu sûr, proposa Julien Chablais, laissant Antonin coi de surprise devant une proposition d'une telle spontanéité.

– Oui, bien sûr, pourquoi pas, mais pourquoi feriez-vous cela ? Après tout, vous avez maintenant fait votre devoir, rien ne vous oblige à en faire plus. Au contraire, vous prenez là un énorme risque.

– Je le sais, mais je suis prêt à l'assumer, tout au moins provisoirement, ajouta-t-il, le regard énigmatique.

– Bon, eh bien ! puisque vous êtes prêt à prendre ce risque et que nous n'avons aucune autre solution en vue, capitula facilement Antonin…

– Sacrée Mélanie, lâcha le médecin l'air pensif, je serais réellement ravi de la revoir pour parler de tout cela avec elle. Mais il est presque minuit, constata-t-il, revenant subitement à la réalité et lorgnant sur le cadran de sa montre de gousset. En descendant avec le cabriolet, nous pouvons être rendus à Sumène dans moins de deux heures. De nuit, nous serons plus discrets et votre ami sera ainsi débarrassé. Clément sera à l'abri chez moi, où je me fais fort de le remettre sur pied en quelques jours. Il sera alors temps d'imaginer comment nous pourrons l'aider à s'éloigner d'ici. Nous allons juste avoir besoin de votre ami pour le transporter jusqu'au cabriolet. Pouvez-vous aller lui demander cette dernière aide ? Pendant ce temps, je vais administrer un calmant à Clément pour qu'il se tienne tranquille pendant le voyage.

Descendant dans la salle pour annoncer leur départ à Abel, Antonin le trouva assis à califourchon sur une chaise du café, les bras appuyés sur le dossier, l'air renfrogné, le regard dans le vague. Il ne leva même pas la tête en entendant les pas d'Antonin résonner sur le pavé de la salle, en signe évident de mauvaise humeur. Passant là-dessus, Antonin entama :

« Bien, puisque tu ne veux entendre parler de rien, nous allons te débarrasser sur l'instant de ton hôte indésirable.

– Faites ce que vous voulez, cela ne me regarde pas. Vous allez partir maintenant, en pleine nuit ?

– Oui, ce sera beaucoup plus discret comme ça et demain matin, ni vu ni connu, tu pourras ouvrir le café comme si rien ne s'était passé. C'est bien ce que tu voulais, non ?

– Oui, répondit-il sèchement en se raclant la gorge.

– Et si on t'en débarrasse, tu ne diras rien à personne ?

– Ça, je te le jure, reprit-il plus fermement en plantant son regard dans celui de son ami.

– Et tu ne veux même pas savoir ce que nous allons en faire ?

– Même pas.

– Bon, comme tu veux, en tout cas, j'aurais encore au moins un service à te demander.

– Et lequel ?

– De garder ma charrette avec le chargement de charbon jusqu'à ce que je remonte avec ma jument, que j'ai laissée à Sumène, chez le docteur Chablais.

– Et qu'est-ce que tu veux que je raconte aux clients du café en attendant que tu reviennes la chercher ? Ils vont poser des tas de questions, tu le sais bien.

– Écoute, arrange-toi pour la pousser au fond de la remise et ferme la porte. Tu pourrais au moins faire cet effort-là pour m'aider, non ?

– Bon d'accord, mais ne tarde pas à remonter, alors. »

Passablement chiffonné par le comportement de son ami, Antonin remonta auprès de Julien Chablais qui finissait d'administrer une piqûre de calmant à Clément Mialet. Dès qu'il eut terminé, il rangea méticuleusement ses derniers instruments dans sa grande trousse en cuir fauve et enfila son long manteau. Puis, ils descendirent tous deux sur la place déserte pour préparer le cabriolet et le garèrent ensuite devant le café, prêt à partir.

Ils remontèrent ensuite dans la chambre, habillèrent Clément Mialet, lourdement assoupi par le calmant, et l'enveloppèrent dans une grosse couverture. Ainsi préparé, ils le transportèrent une nouvelle fois dans l'escalier et l'installèrent du mieux qu'ils purent dans le cabriolet, sans l'aide d'Abel qui n'avait toujours pas bougé de sa chaise, comme pour bien montrer que toute cette affaire ne le concernait déjà plus.

La banquette du cabriolet n'étant pas prévue pour accueillir trois personnes, Antonin dut s'asseoir de travers à l'un des coins du siège pour laisser la place au docteur Chablais qui menait l'attelage et à leur passager. C'est donc inconfortablement assis qu'il entama la descente vers Sumène, pour la deuxième fois de la nuit. L'excitation de cette folle journée avait jusqu'à maintenant écarté la fatigue, mais celle-ci se manifesta alors brutalement. Très rapidement, les chaos réguliers de la descente bercèrent Antonin qui sombra en quelques minutes dans un sommeil inconfortable, la tête calée sur l'épaule de Clément Mialet, inconscient. C'est dans cet étrange équipage que le docteur Chablais suivait les sinuosités de la route, songeant aux bénéfices qu'il pourrait tirer de cette situation et à la chance qui lui était ainsi offerte de se montrer enfin sous un jour favorable auprès de Mélanie Estournet.

Bien entendu, il savait qu'il prenait un risque important en hébergeant Clément Mialet chez lui, mais il acceptait aisément cette idée, car elle lui donnait enfin un prétexte pour rentrer de plain-pied dans la vie de Mélanie Estournet, qu'il avait côtoyée très épisodiquement au cours de ses études à Montpellier et avec qui il aurait voulu passer beaucoup plus de temps, sans jamais être vraiment capable de forcer le destin à ce sujet. En effet, comment lui, l'étudiant en médecine, timide et préoccupé uniquement par ses études, aurait-il pu être capable de prétendre devenir l'ami d'une personne brillante et raffinée telle que Mélanie Estournet, dont nul n'ignorait le rang et la place dans la bourgeoisie gangcoise ? Cette dernière ne lui portait d'ailleurs bien peu d'attention, en tout cas bien moins qu'à Clément Mialet, si brillant en toutes circonstances et issu d'un milieu plus semblable au sien. L'occasion était donc trop belle de se placer aujourd'hui au centre de son attention et il était bien obligé de se dire que c'est peut–être cela qui avait pesé le plus lourd dans la décision qu'il venait de prendre, loin devant l'intérêt qu'il portait réellement à Clément Mialet et aux grands principes à l'aide desquels il avait endormi si facilement la méfiance d'Antonin

La pluie avait maintenant complètement cessé de tomber, cédant la place à un petit vent du nord frisquet qui, comme à son habitude, avait aussitôt entrepris de grignoter les nuages et déjà réussi à ménager dans la voûte sombre quelques coins étoilés avec lesquels un pâle quartier de lune venait jouer de temps à autre.

Alors qu'il attaquait la dernière partie de la route, filant d'un trot un peu alourdi par la fatigue entre des vergers de pommiers, le cheval détourna d'abord violemment la tête, comme pour ne plus voir entre ses œillères deux ombres plantées comme des quilles au beau milieu de la route. Puis, ne pouvant s'en détacher, fermement maintenu par les rênes, il se cabra soudain, inclinant dangereusement le cabriolet vers l'arrière et manquant de projeter ses occupants par-dessus le dossier de la banquette. L'une des deux ombres, qui tenait une lanterne à bout de bras et la balançait sans cesse sous le nez de l'animal apeuré, provoqua un hennissement puissant qui le fit reculer précipitamment.

Soudain, à la faveur de ce mouvement, la lanterne éclaira la silhouette, et Julien Chablais eut un haut-le-cœur, en reconnaissant dans le halo jaunâtre de lumière la vareuse bleu horizon d'un gendarme. S'efforçant pourtant de ne pas céder à la panique, il maîtrisa sa bête du mieux qu'il put et s'apprêta à répondre avec un air aussi naturel que possible aux deux militaires qui s'approchaient déjà du cabriolet, l'air soupçonneux :

« Holà ! Gendarmerie nationale, qui va là ?

– Bonsoir messieurs, c'est le docteur Julien Chablais de Sumène, convoyant un blessé.

– Un blessé ? reprit interrogatif l'un des deux gendarmes, alors que son camarade promenait sa lampe au-dessus du visage hirsute de Clément Mialet.

– Oui, un charbonnier du mont Liron qui s'est donné un coup de poudet à la jambe la semaine dernière, et qui est dans un sale état à présent, et l'autre qui m'accompagne, c'est le colporteur de Ganges à qui j'ai demandé de l'aide pour ce soir.

– Oh ! celui-là, on le connaît ! reprit le deuxième gendarme, rigolard, en voyant le visage décomposé d'Antonin, bien qu'on n'ait pas l'habitude de le voir sur les routes à ces heures. Et vous arrivez du mont Liron comme ça ?

– Oui, mentit Julien Chablais sans hésitation, dédouanant ainsi Abel au cas où les choses tourneraient mal. Nous allons directement à Ganges le faire soigner, annonça-t-il, mentant une seconde fois avec aplomb.

– Et vous êtes sûrs qu'il est encore vivant, votre blessé, parce qu'il n'a pas l'air de se réveiller malgré tout le raffut qu'a fait votre cheval.

– Il ne risque pas, je lui ai donné une forte dose de somnifère pour qu'il ne souffre pas du voyage.

– Bon, bon, parfait, on ne va pas vous retarder plus. On s'est plantés sur la route au cas où en entendant votre attelage, mais notre gibier ne devrait pas arriver en faisant autant de bruit.

– Votre gibier ?

– Ça fait trois nuits maintenant qu'on se relaie pour coincer un insoumis, un type d'Anduze qui devait rejoindre son régiment en juillet et qui s'est évaporé dans la nature. Les gendarmes de Saint-Jean-du-Gard n'ont pas pu le déloger chez lui, l'ont cherché partout dans le coin sans succès, alors ils nous ont demandé de voir si par hasard il ne passerait pas par ici, mais je crois qu'on va pouvoir arrêter de chercher. Vous n'avez entendu parler de rien sur Saint-Martial ?

– Non, rien de particulier.

– Il a dû filer directement vers le nord par l'Aigoual ou par Barre-des-Cévennes et, à l'heure qu'il est, il court loin d'ici ; je crois que l'on peut dire adieu à notre prime de vingt-cinq francs pour l'arrestation d'un insoumis. De toute façon, il paraît que vont nous arriver bientôt des renforts de Nancy, en Lorraine, car avec la loi Barthou il y aurait dans le coin d'autres insoumis à arrêter et à ramener de force là-haut, dans leur régiment.

– Peut-être, répondit Julien Chablais le plus évasif possible. En tout cas, il faut qu'on y aille avant que celui-ci ne se réveille.

– Allez, bon courage pour la suite, nous aussi on va rentrer, après tout, ce n'est pas vraiment nos affaires. »

Donnant d'un coup de rênes le signal du départ au cheval qui piaffait d'impatience, le docteur Chablais soulagea d'un coup Antonin de la boule qui lui pesait sur l'estomac. Alors que les premières maisons de Sumène se profilaient sous un clair de lune maintenant plus établi, faisant scintiller de tous petits nuages cotonneux, ils échangèrent un regard grave, encore abasourdis par l'ampleur de la catastrophe qu'ils venaient de frôler.

Profitant du cœur de la nuit qui leur offrait une bourgade entièrement déserte, Antonin et Julien Chablais rangèrent prestement cheval et cabriolet dans la remise, à l'abri des regards indiscrets, et montèrent Clément Mialet dans la chambre à coucher voisine de celle du médecin. Essoufflés par leur effort, ils finirent par l'allonger sur le lit sans même le défaire et se contentèrent de rabattre l'épais édredon de laine sur le corps inerte. Après avoir repris leur souffle pendant quelques minutes, ils sortirent dans le couloir, puis dans la pénombre se regardèrent gravement, et le médecin finit par chuchoter :

« C'est tout de même bête d'être tombé sur ces deux gendarmes, songea tout haut Julien Chablais. Ça veut dire qu'ils sont persuadés maintenant que nous avons descendu un charbonnier pour le faire soigner à Ganges et que, s'il leur prend l'envie de vérifier, nous sommes bons pour des explications.

– C'est pas sûr quand même qu'ils aient l'idée de vérifier, tenta de se rassurer Antonin.

– S'ils sont vraiment convaincus que leur gibier est loin d'ici à l'heure qu'il est, ils laisseront peut-être tomber tout cela, mais je sais qu'en ce moment les insoumis à la loi Barthou se font de plus en plus nombreux. C'est intolérable pour l'armée, d'autant que l'opposition politique de Jaurès profite de cela et ne cesse de grandir de jour en jour. Nos deux gendarmes ne voient pas là-dedans plus loin que le bout de leur nez et de leur prime de vingt-cinq francs pour l'arrestation d'un insoumis, mais je crains qu'on ne leur demande rapidement des comptes à ce propos. Si c'est le cas, il leur faudra bien arriver à en coincer quelques-uns s'ils ne veulent pas faire eux-mêmes les frais de cette affaire. Quant à nous, il nous faudra pour le moins nous accorder sur une histoire à leur servir, lorsque nous aurons à les croiser à nouveau un jour ou l'autre.

– Donc, il faut faire filer Clément Mialet au plus vite, conclut Antonin.

– Oui, au plus vite, c'est certain, et le plus loin possible, acquiesça le médecin d'un air inquiet.

– Je dois donc aller en avertir Mlle Estournet, en conclut Antonin.

– Vous ou moi ? s'interrogea tout haut Julien Chablais, comme pour démontrer toute l'importance d'une question qu'Antonin ne semblait pas se poser.

– Heu ! c'est comme vous voulez, répondit sans réfléchir Antonin. En ce qui me concerne, en tout cas, je dois au plus vite remonter à Saint-Martial récupérer mon chargement de charbon chez Abel avant que cela n'attire l'attention de quelqu'un. Je le lui ai promis, il faut que je tienne parole.

– Effectivement, je crois que le plus raisonnable serait que vous repreniez votre activité normale, pour ne pas attirer les soupçons sur vous, à commencer par ne plus remonter à Saint-Martial de quelque temps, une fois que vous aurez récupéré votre charrette.

– C'est entendu comme ça. Vous vous chargez donc de prévenir Mlle Estournet dès demain ? questionna Antonin, grandement soulagé de ne pas avoir à s'impliquer plus dans cette histoire et pressé de récupérer son attelage.

– Ce sera fait, je dois simplement attendre de voir comment Clément Mialet se réveille. J'espère qu'après les premiers soins que j'ai pu lui donner la fièvre va enfin tomber et qu'il sera parfaitement conscient lorsque le somnifère aura fini de faire son effet. Je devrai alors lui expliquer le détail de ce que nous avons fait avec lui et de ce que nous comptons encore faire. Alors, je pourrai le laisser tout seul pendant quelques heures pour descendre à Ganges chez Mlle Estournet.

– Bien, espérons que tout cela fonctionnera comme nous l'entendons. Je remonterai donc demain à la première heure à Saint-Martial, avec mon cheval qui est toujours dans votre remise ; mais auparavant, je voudrais dormir quelques heures dans la paille avant de repartir, car je ne tiens plus debout…

– Je comprends, il est presque 3 heures du matin maintenant, réfléchit Julien Chablais tout haut en regardant sa montre de gousset. En partant à 6 heures, il fera encore nuit et vous devriez pouvoir sortir de Sumène discrètement pour prendre la route de Saint-Martial. J'espère que vous n'y ferez pas la rencontre des gendarmes, mais franchement cela m'étonnerait : à l'heure qu'il est, ces deux-là dorment sur leurs deux oreilles, convaincus qu'ils ne sont pas concernés par cette affaire. À propos, vous pensez que nous pouvons nous fier au silence de votre ami Abel.

– Très sincèrement, oui. J'ai été surpris et peiné de sa réaction, mais, en y réfléchissant bien, je crois qu'il a simplement eu peur pour son commerce et pour sa réputation. Toute sa vie est dans ce café, et il s'est vu perdre tout cela pour une histoire qui ne le concernait pas, mais, maintenant que nous l'avons débarrassé de ce poids en emmenant Clément Mialet loin de chez lui, je suis sûr qu'il n'en dira rien à personne et même qu'il pourra continuer à nous aider, pourvu que cela ne risque plus de le mettre en cause.

– Parfait, de toute façon, nous n'avons pas le choix, faisons-lui confiance. En ce qui nous concerne, peut-être ferions-nous bien d'ailleurs de ne pas nous voir pendant quelque temps pour ne pas éveiller les soupçons. Qu'en pensez-vous ?

– Oui, peut-être, bredouilla Antonin, soudainement très mal à l'aise face à cette remarque inattendue.

– Donc, faisons comme cela, conclut un peu abruptement Julien Chablais, comme s'il était pressé de se débarrasser de son interlocuteur. Je vous laisse aller récupérer quelque peu pendant que je m'occupe de notre malade.

– Bonsoir.

– Bonsoir à vous aussi et bon retour à Ganges. »

V

L'insoumis

Le drapeau rouge, tout pur de marques et d'insignes, je retrouverai toujours pour lui l'œil que j'ai pu avoir à dix-sept ans, quand, au cours d'une manifestation populaire, aux approches de l'autre guerre, je l'ai vu se déployer par milliers, dans le ciel bas du Pré-Saint-Gervais.

André BRETON
Évocation de la grande manifestation pacifiste du Pré-Saint-Gervais, près de Paris, le 16 mars 1913

Ganges, dans la matinée du jeudi 18 septembre 1913…

Au centre de Ganges, traversant le plan de l'Ormeau, Mélanie Estournet marchait d'un pas saccadé sous les grands tilleuls, dont les premières feuilles jaunies par l'automne désormais bien installé virevoltaient en désordre, avant de venir se plaquer sur le trottoir encore luisant d'humidité de la nuit. Si calme à l'habitude, elle ne tenait plus en place maintenant. Sans nouvelles d'Antonin depuis plus de quinze jours, depuis qu'elle avait demandé de remettre sa lettre à Clément Mialet, elle ne parvenait toujours pas à comprendre les raisons de ce silence et l'interprétait comme ne présageant rien de bon concernant le sort de Clément Mialet. Elle était persuadée que, en l'absence de réponse, quelque chose de grave était survenu. N'y tenant plus, sa décision était maintenant prise, elle irait dès l'après-midi, sous prétexte d'une visite au couvent des Dominicaines, vers la route de Nîmes, passer sous les fenêtres de la maison d'Antonin, pour savoir s'il était enfin rentré et pourquoi, si tel était le cas, il s'était muré dans ce silence.

Pour l'heure, elle comptait d'abord passer la fin de la matinée dans la boutique de modiste de la rue Biron, s'occupant d'acheter les quelques rubans et chapeaux qui compléteraient sa garde-robe pour l'hiver qu'elle s'apprêtait à passer à l'école de Saint-Martial.

En ce jour de marché, l'activité autour des halles battait son plein. Alors que les derniers nuages responsables des ondées de la nuit finissaient de s'effriter dans un ciel maintenant lumineux, le soleil commençait quant à lui à chauffer les façades des maisons environnantes qui portaient, tels des drapeaux à leurs fenêtres grandes ouvertes, draps et édredons encore froissés de la nuit. Une foule affairée se pressait autour des étals lourdement chargés de marchandises que Mélanie regardait toujours avec gourmandise.

Tournant au coin de la place des halles, à proximité de la boutique de mode, elle reconnut, au travers de la forêt de têtes qui dodelinaient sur le trottoir, le visage de Julien Chablais dont la haute silhouette dépassait d'une tête toutes les autres. Surprise, elle obéit sans réfléchir à une sorte de réflexe et se serra immédiatement contre la façade de la maison, puis longea le mur le plus rapidement possible jusqu'à la porte de la boutique, espérant ainsi éviter de se faire voir. Elle n'avait aucune raison de se défiler ainsi et ce comportement l'étonnait elle-même, et pourtant son instinct lui dictait clairement cette fuite. Jamais, décidément, elle n'éprouvait de plaisir à sa rencontre. C'est donc avec soulagement qu'elle arriva jusqu'à la porte de la boutique et qu'elle posa la main sur la poignée en bronze de celle-ci, prête à l'ouvrir et à s'engouffrer dans le magasin.

À ce moment précis, elle ressentit une présence dans son dos et fut immédiatement parcourue par un frisson. Elle voulut tout de même pousser la porte de la boutique, mais une main froide, au contact désagréable, vint se poser sur la sienne, la figeant sur place :

« Bonjour Mélanie, je savais pouvoir vous trouver ici, entama Julien Chablais d'une voix mielleuse.

– Bonjour Julien, et comment donc pouviez-vous le savoir ? reprit-elle assez sèchement en réprimant un frisson.

– Eh bien ! je viens de passer à votre domicile. Vous n'y étiez pas, mais cette bonne Jeanne n'a pas fait de difficultés pour me dire où vous trouver, reprit-il avec un air un peu supérieur.

– Ah ! oui, je vois ! reprit Mélanie, l'air particulièrement agacé. Et pourquoi donc cherchiez-vous à me retrouver avec autant d'empressement ?

– Mais, avant tout pour le plaisir de vous revoir, ironisa-t-il sans succès. Nous ne nous sommes plus rencontrés depuis notre retour de Montpellier à la fin du printemps, il me semble. Ce serait déjà une raison suffisante, ne croyez-vous pas ? »

Mélanie, immobile, considéra alors pendant quelques secondes, avec dédain, cet être qui la repoussait par son air hautain et son physique empreint de froideur. Faisant un effort pour dissimuler cette répulsion instinctive, elle répondit sur un ton qu'elle s'attacha à rendre le plus neutre possible :

« Certes, mais le moment me paraît bien mal choisi. J'ai tant de choses à faire à l'approche de la rentrée des classes.

– Peut-être, mais j'ai également tant à vous dire en ce moment, rétorqua-t-il avec cette autorité naturelle qui teintait tous ses propos et déplaisait tant à Mélanie.

– Je n'en doute pas, mais je vous propose tout de même de remettre cela à plus tard, s'agaça-t-elle.

– Ce n'est guère possible, je le crains, poursuivit-il toujours sur le même ton.

– Il le faudra bien pourtant, essaya-t-elle de conclure en commençant à pousser la porte de la boutique, jusqu'à faire tinter le grelot qui la surmontait. Ravie de vous avoir vu aujourd'hui. Je vous promets de venir vous visiter à Sumène à l'occasion, en allant ou en revenant de Saint-Martial où je vais prendre un poste d'institutrice remplaçante à la rentrée, promit-elle sans en penser un mot.

– Ce sera toujours un grand plaisir, mais je crains que ce que j'ai à vous dire ne puisse attendre jusque-là, insista-t-il, poussant jusqu'aux limites de la grossièreté.

– Et pourquoi donc ? Grand Dieu ! interrogea-t-elle à la fois furieuse et un brin angoissée.

– Pour le plaisir de m'entretenir avec vous, cela pourrait effectivement attendre un peu, même si je suis déçu que vous remettiez toujours cela à plus tard, entama-t-il cynique. En revanche, lui glissa-t-il à l'oreille jusqu'à l'effleurer de son souffle, les nouvelles de Clément Mialet que je vous apporte ne peuvent pas attendre », lâcha-t-il cruellement en la regardant tressaillir de tout son corps, avec un plaisir dissimulé.

Vaincue, la main de Mélanie glissa de la poignée de la porte et retomba mollement contre sa jambe. Relevant la tête dans un sursaut, elle planta alors son regard dans celui de Julien Chablais. Ce dernier, ne laissant rien paraître des sentiments violents qui l'assaillaient à chaque fois en sa présence, se contenta de lui présenter, non sans audace, son bras, en ajoutant à voix basse :

« Ne restons pas là, ce que j'ai à vous dire ne doit être connu que de nous deux, glissa-t-il dans un souffle

– Soit, alors filons sur les berges de l'Hérault, vers le pont Vieux, nous y serons plus à notre aise pour converser. »

Marchant devant lui en raidissant exagérément sa posture, Mélanie remonta la rue Biron en proie à un malaise profond. Elle n'arrivait pas à imaginer comment le sort de Clément Mialet pouvait se retrouver entre les mains de Julien Chablais, mais cet état de fait l'angoissait terriblement, tant ce dernier ne parvenait pas à lui inspirer une quelconque confiance.

Au bout de quelques centaines de mètres, bifurquant dans une ruelle déserte, où l'ombre matinale avait réussi à maintenir une fraîcheur apaisante, Mélanie se retourna enfin et, défiant Julien Chablais du regard, le somma de lui expliquer comment il se retrouvait impliqué dans cette histoire et, surtout, de lui dire où se trouvait Clément Mialet à cette heure. Cheminant lentement de ruelle en ruelle comme n'importe quel couple revenant du marché, il prit tout son temps pour lui expliquer par le menu dans quelles conditions il avait été impliqué et quelle avait été l'aide qu'il avait pu apporter jusque-là dans la fuite de Clément Mialet. Il la rassura notamment sur son état de santé, ainsi que sur la sécurité relative dont il jouissait pour l'heure dans sa maison de Sumène. Tout au long de son récit, il s'attacha par ailleurs à minimiser consciencieusement le rôle joué par Antonin, le présentant sans cesse comme un personnage passif s'étant contenté de redescendre Clément du mont Liron et s'étant ensuite, avec son ami Abel, allègrement déchargés du problème. Il omit ainsi sciemment de mentionner auprès de Mélanie Estournet qu'il avait conseillé lui-même à Antonin de ne pas reprendre contact avec elle lors de son retour à Ganges.

Un peu chiffonnée, Mélanie commença à réfléchir à cela, mais pour elle l'urgence n'était pas là et elle décréta tout à coup :

« Je veux le voir !

– Mais quand ? avança Julien Chablais, un peu déstabilisé par le côté impératif de la requête.

– Dès cet après-midi, et je vous serais reconnaissante de bien vouloir me fournir le prétexte de ce déplacement à Sumène.

– Et comment cela ? bredouilla-t-il, incrédule.

– Je vais rentrer chez moi et annoncer à mon père, qui vous apprécie tout particulièrement pour les quelques fois où vous vous êtes croisés, que vous êtes descendu à Ganges ce matin, que je vous ai croisé au marché et que vous m'avez dit que votre cabriolet devait rester à Ganges le temps d'une réparation. Je lui dirai aussi que je me suis proposée pour vous raccompagner à Sumène cet après-midi, et j'imagine qu'il ne fera alors aucune difficulté pour me prêter le sien à cet effet.

– Je suis vraiment ravi de tant d'empressement, même si je suis désolé qu'il ne me soit pas vraiment destiné, ajouta-t-il réellement dépité et très jaloux de l'audace dont pouvait faire preuve Mélanie lorsqu'elle désirait vraiment quelque chose.

– C'est ainsi, reprit-elle, ayant subitement retrouvé son air espiègle, mais ne perdons pas de temps. Allez donc trouver un endroit pour laisser votre attelage et rejoignez-moi chez moi, en début d'après midi, je me tiendrai prête à partir.

– Parfait, je vais donc, tant qu'à faire, en profiter pour mener mon attelage jusque chez le maréchal-ferrant en lui demandant de ferrer mon cheval, quoi de plus naturel, et je le récupérerai ce soir, en redescendant avec vous de Sumène.

– C'est parfait effectivement… À tout à l'heure donc. »

Sur ces mots, elle laissa Julien Chablais interdit au milieu de la ruelle et disparut au coin de la rue d'un pas léger qui faisait virevolter autour de ses fines chevilles la dentelle du bas de sa robe. Instantanément, en la voyant retrouver son entrain et sa détermination, il sentit qu'il éprouvait toujours pour elle la même attirance que lorsqu'il l'avait croisée pour la première fois à Montpellier, quelques années auparavant. Instantanément aussi, il ressentit au plus profond de lui la morsure douloureuse de la jalousie, en songeant que jamais depuis leur retour de fin d'études elle n'avait éprouvé le désir de le revoir et qu'elle ne venait d'imaginer en quelques minutes un tel mensonge que pour revoir Clément Mialet au plus vite.

Même s'il savait que leur attachement n'était à ce jour que le fruit d'une simple amitié, il n'en éprouvait pas moins une grande tristesse et une grande colère à l'idée qu'il ne compterait jamais autant pour elle. Il avait à l'esprit que si Clément Mialet se trouvait éloigné pour un long moment, peut-être alors compterait-il enfin un peu moins et lui-même parviendrait-il peut-être à compter un peu plus. Il venait de trouver par hasard le prétexte, qui lui permettrait de la revoir ici, à Ganges. Il lui appartenait maintenant de tout faire pour ne pas rompre ce lien et surtout de faire en sorte que Clément Mialet, qui lui avait servi à renouer une relation avec Mélanie, s'éloigne d'une façon ou d'une autre pour lui laisser le champ libre.

Au bout de quelques instants, il se décida enfin à sortir de ses pensées et à se mettre en quête d'un lieu sûr où laisser son attelage prétendument hors d'usage, après quoi il irait tranquillement déjeuner dans un restaurant avant de se présenter au domicile de Mélanie. Déjà, la seule perspective de se retrouver seul à ses côtés dans son cabriolet et de la recevoir chez lui, même pour aller visiter Clément Mialet, suffisait à le mettre en joie.

Comme prévu, au tout début de l'après-midi, après un déjeuner rapidement expédié, il s'en fut frapper à la porte de la maison de la famille Estournet, rue Nouzeran-Chevas. Comme à l'accoutumée, il y fut accueilli sans chaleur par Jeanne, encore plus malgracieuse qu'à son habitude et très intriguée par le déplacement inopiné de sa maîtresse à Sumène pour l'après-midi.

À peine fut-il introduit derrière la porte cochère qu'il la vit arriver toute parée pour le voyage. D'un ton guilleret, elle l'invita à le suivre jusqu'à la placette contiguë à la maison, où l'attelage attaché à un platane se trouvait déjà prêt à partir. Ils se mirent en route sans plus attendre et, avant même d'avoir dépassé les dernières maisons de Ganges, dans la chaleur poussiéreuse du milieu du jour, Mélanie Estournet, conduisant avec aisance le cabriolet à un rythme soutenu, commença à questionner Julien Chablais :

« En toute franchise, dites-moi, en tant que médecin, quelle est exactement selon vous la gravité des blessures de Clément Mialet ? questionna-t-elle avec un air sérieux.

– Disons que cela aurait pu être bien pire si j'étais intervenu plus tard, mais il est en voie de guérison complète, lui répondit Julien Chablais sans même la regarder.

– Il est totalement conscient maintenant ?

– Totalement, du moins autant que l'on peut l'être après une si longue période d'inconscience, entre le moment où il s'est blessé au camp des charbonniers et le moment où il est finalement arrivé jusque chez moi. Il avait alors énormément perdu de poids, mais, aujourd'hui, il a recommencé à s'alimenter normalement et tout devrait rentrer dans l'ordre en quelques jours de ce côté-là.

– Et en ce qui concerne sa jambe ? s'inquiéta encore Mélanie.

– Elle restera toujours déformée au niveau du genou, avec une bien vilaine cicatrice, mais il n'est pas sûr qu'il boite encore d'ici à quelques mois.

– En tout état de cause, ce n'est pas cette blessure qui pourrait lui permettre d'échapper à la conscription, n'est-ce pas ? questionna encore Mélanie en le fixant droit dans les yeux cette fois.

– Très franchement non, et puis, étant déjà considéré comme insoumis, être handicapé par sa blessure ne lui permettrait pas d'échapper à l'incorporation dans son régiment et à l'application de la sentence qui y serait prononcée contre lui, lâcha froidement Julien Chablais avec une voix dans laquelle Mélanie perçut très nettement pointer une jalousie refoulée.

– Alors, nous en revenons au point de départ, il faut qu'il quitte la France au plus vite et nous devons l'aider en cela, conclut-elle sans hésiter.

– Cela semble le plus sûr pour lui effectivement, nous sommes bien d'accord là-dessus, et vous pouvez compter sur mon aide, ajouta-t-il sans pouvoir refréner un sourire involontaire de jouissance qui, heureusement pour lui, échappa à Mélanie.

– Je vous en remercie, c'est très généreux, mais vous êtes conscient de ce que vous risquez ? poursuivit-elle naïvement.

– Oui, parfaitement.

– Alors, je ne refuse pas en son nom cette aide généreuse, car, à part sur moi, il ne peut compter sur personne. »

Un léger rictus, qui échappa à nouveau à Mélanie, se dessina l'espace d'une seconde sur le visage de Julien Chablais, qui tenait peut-être en main avec ce projet de fuite les cartes qui lui permettraient de ramener Mélanie dans son jeu en en écartant bientôt Clément Mialet, comme il venait d'en écarter Antonin.

Remontant le cours asséché du Rieutord par la route poussiéreuse, ils se réfugièrent chacun dans leurs pensées. Elle, tout au bonheur de savoir Clément Mialet provisoirement à l'abri et de le revoir sous peu ; lui, réfléchissant déjà à la manière dont il allait s'y prendre pour l'éloigner de Mélanie, puis organiser sa vie entre son cabinet de Sumène et l'école de Saint-Martial où il escomptait bien avoir affaire le plus souvent possible.

C'est dans le milieu de l'après-midi qu'ils arrivèrent à Sumène. Le cabriolet, en remontant la rue principale, faisait résonner contre les murs le claquement sec des fers du cheval, qui bavait abondamment tant il avait été poussé par Mélanie à maintenir un trot rapide depuis Ganges. Malgré la transpiration qui faisait luire son pelage, elle continua à l'asticoter sans pitié du bout de son fouet jusque devant la porte cochère du domicile de Julien Chablais, où elle le stoppa sans ménagement. Agacé par cet empressement qu'il jugeait excessif et ridicule, voire blessant à son égard, ce dernier, pour ne pas demeurer tout de même en reste de galanterie, proposa immédiatement à Mélanie de s'occuper de l'attelage, pendant qu'elle pouvait, sans plus attendre, monter voir Clément Mialet dans la chambre à l'étage.

Sans se faire aucunement prier, elle pénétra alors dans la maison comme une habituée des lieux et, grimpant les marches d'escalier quatre à quatre, s'en fut directement jusqu'à la chambre. Poussant la porte sans manière, elle y trouva son Clément confortablement installé sur un fauteuil, la jambe allongée sur un tabouret surmonté d'un épais coussin. Par la haute fenêtre, il regardait au loin, pardessus les toits de tuiles inondés de soleil, le versant calcaire de la montagne de La Fage écrasé de lumière.

Avec une spontanéité désarmante, elle se jeta sur lui et, avant même qu'il n'ait pu s'extirper du fauteuil, s'assit à califourchon sur sa jambe valide et caressa affectueusement ses longs cheveux en désordre, ne pouvant retenir deux grosses larmes, qui le firent sourire tristement :

« Alors finalement je te retrouve enfin ici, mais dans quel état ! fit-elle avec une adorable petite moue qui en disait long sur l'affection débordante qu'elle lui portait et qu'elle était décidément totalement incapable de refréner.

– On a même failli ne pas se retrouver du tout, tu sais, lui répondit-il d'un ton sérieux qui ne lui était pourtant pas familier, mais qu'il adopta sans même le vouloir, tant revoir le visage de Mélanie le bouleversa et manqua lui arracher des larmes de bonheur.

– Mais c'est que je serais monté jusqu'en haut du mont Liron pour te chercher ! clama-t-elle en plaisantant sur un ton maternel et en prenant son visage entre ses mains.

– C'est bien vrai ça ? répondit-il avec la mimique implorante d'un enfant malheureux.

– Bien sûr que c'est vrai et tu le sais bien ! le rassura-t-elle. Je ne regrette pas vraiment l'école normale, mais depuis que je suis rentrée ce qui m'a manqué, c'est toi et tous ces bons moments que nous avons passés ensemble à Montpellier. Je sens bien que c'est fini maintenant, et que ça ne reviendra jamais, ni à Ganges ni ailleurs, alors c'est pour ça que c'est important pour moi que tu sois là. Maintenant.

– De toute façon, je ne vais pas pouvoir m'attarder ici très longtemps, tu le sais bien. Je suis obligé de faire très attention pour que personne ne surprenne ma présence ici, dans cette maison, car Sumène est une toute petite ville et tout se sait très vite.

– Peut-être, mais tu n'iras nulle part tant que ta jambe ne sera pas complètement rétablie. Ce serait de la folie de partir sur les routes dans l'état où tu es. Tu n'es pas d'accord, tu n'as pas assez souffert là-haut ? »

Joignant le geste à la parole, elle caressa doucement sa joue du revers de la main et posa sur lui un regard d'une infinie douceur, comme pour effacer toutes les souffrances qu'il avait endurées. Ils restèrent ainsi, face à face, en silence durant quelques instants, puis Clément se décida à reprendre :

« Si, si, bien sûr. Je ne peux pas encore vraiment marcher et puis je suis toujours très faible. J'ai l'impression que lorsque ce colporteur m'a redescendu du Liron, totalement inconscient, ce n'était plus qu'une question d'heures pour moi.

– C'est bien possible tu sais, reprit-elle avec un regard inquiet, en lui caressant une nouvelle fois les cheveux. Nous lui devons tous deux beaucoup pour cela, car il l'a fait de lui-même, en connaissance de cause et malgré les risques que cela comportait pour lui. D'ailleurs, je n'arrive pas à comprendre son silence et je ne peux m'empêcher de trouver étrange qu'il n'ait pas essayé de reprendre contact avec moi depuis notre dernière rencontre.

– Peut-être ne veut-il pas prendre de nouveaux risques et considère-t-il que je suis maintenant en de bonnes mains, ajouta-t-il avec un clin d'œil en prenant le bras de Mélanie.

– Tout de même, cela me chiffonne et j'aimerais en avoir le cœur net.

– Crois-moi, Mélanie, je n'étais pas très conscient lorsqu'il s'est occupé de moi, mais je peux te dire tout de même deux choses. Premièrement, sans lui, je ne serais pas là aujourd'hui, car il ne me restait que très peu de forces pour continuer à survivre là-haut, au camp des charbonniers, qui me laissaient mourir à petit feu. Deuxièmement, il aurait très bien pu me dénoncer aux gendarmes après m'avoir redescendu, ce qui aurait été beaucoup moins risqué pour lui. Je crois sincèrement qu'aujourd'hui il considère simplement qu'il a fait tout ce qu'il pouvait. Après tout, peut-être souhaite-t-il tout simplement qu'on le laisse tranquille avec cette histoire et ne plus être inquiété par tout cela.

– Tu as peut-être raison, mais Julien Chablais m'a présenté les choses bien différemment.

– Écoute, l'important n'est pas là pour l'instant. En revanche, j'ai en ce qui me concerne été touché par l'empressement avec lequel il m'a accueilli et soigné chez lui.

– C'est certain qu'il a été pour le moins très empressé, effectivement, lui répondit-elle avec un air pincé.

– Cela aussi a contribué à me sauver, tu ne crois pas ?

– Certes, certes », reprit-elle pensivement en laissant son regard se perdre par la fenêtre durant un long moment, comme si elle ne voulait pas répondre en toute franchise à cette question dont elle sentait confusément pourtant qu'elle contenait la clef de toute leur histoire.

Préférant ne pas poursuivre davantage dans cette voie, elle se retourna et, le jaugeant du regard, ajouta d'un air gai, comme pour mieux dissiper ses pensées sombres :

« Parlons plutôt de l'avenir, que comptes-tu faire dès que tu iras mieux ?

– Toujours la même chose, essayer de m'embarquer depuis le port de Sète pour la Tunisie ; je ne vois aucune autre solution. La guerre est une perspective qui se rapproche de jour en jour, dit-il en lui montrant la couverture du numéro de *L'Éclair* du jour. Chaque semaine, ce sont des milliers de conscrits qui pensent partir pour leur service militaire et qui pourraient bien finir tôt ou tard au combat, avec bien peu de chances d'en revenir. Mais en attendant, la seule solution pour le gouvernement de sauver la situation, c'est de jouer sur la corde sensible du patriotisme à tout crin, et c'est là que la situation devient dangereuse pour moi, car je ne veux pas servir d'exemple.

– Je crois que tu as raison et qu'il faut que tu quittes la France au plus vite. En ce qui me concerne, je suis encore à Ganges jusqu'à la fin de la semaine, mais ensuite je dois m'installer à Saint-Martial à partir de lundi prochain, le 22 septembre, pour être prête à démarrer mon remplacement pour la rentrée des classes du 29 septembre.

– Tu veux dire que j'aurais tout intérêt à avoir disparu de la circulation avant cette date-là, glissa-t-il avec un sourire entendu.

– Oui, parce que ce qui est sûr, c'est qu'après la rentrée des classes je serai bien obligée de rester à Saint-Martial et je ne pourrai donc plus t'aider.

– Je ne sais pas comment je me sentirai d'ici là, peut-être Julien Chablais pourra nous renseigner là-dessus d'ailleurs, mais il y aurait un autre problème à régler dans le peu de temps que cela nous laisse, ajouta-t-il d'une voix grave.

– Encore un problème, et lequel ? » lâcha Mélanie, l'air réellement consterné.

Se redressant dans son fauteuil et replaçant sa jambe malade sur le coussin en grimaçant de douleur, Clément se prépara à annoncer à Mélanie ce qui le préoccupait depuis plusieurs jours déjà et lui semblait de nature à compromettre leurs plans. Après avoir soufflé comme pour mieux prendre son départ, il débuta avec une voix grave :

« Eh bien ! comme je te le disais dans ma première lettre, ma mère m'a remis une grosse somme d'argent liquide, juste avant que je ne m'en aille de la maison, afin que je puisse faire face à toutes les dépenses du voyage et éventuellement me sortir d'une situation difficile.

– Effectivement je m'en souviens et cela ne sera sûrement pas inutile, le coupa Mélanie qui ne voyait pas très bien où il voulait en venir.

– Eh bien ! le problème, reprit-il, c'est que lorsque je suis arrivé au campement des charbonniers du Liron, j'ai rapidement compris que je ne pouvais pas garder sur moi tout cet argent. Cela n'aurait pas manqué d'attirer la convoitise des charbonniers qui triment à longueur d'année pour gagner quatre sous et il est évident qu'ils auraient été prêts à tout pour me détrousser. En tout cas, je n'ai pas voulu prendre le risque et j'ai préféré cacher l'étui en cuir qui le contenait.

– Et tu n'as bien sûr pas pu le récupérer avant qu'Antonin ne te redescende inconscient, reprit-elle à sa place en ouvrant de grands yeux ronds.

– Bien sûr que non, admit-il un peu gêné. En revanche, je me souviens très bien de l'endroit exact où il est dissimulé et je suis certain que personne n'y a touché.

– C'est déjà ça, reprit-elle, pensive, mais qui va bien pouvoir monter le récupérer ? Pas toi en tout cas.

– Non, ça c'est sûr.

– Raisonnons logiquement, si nous considérons les personnes qui sont dans la confidence, il reste Antonin, Julien Chablais ou moi-même, et il faut faire très vite.

– Tu as parfaitement posé le problème, conclut-il. Très franchement, la première chose qui me vient à l'esprit, c'est que je ne crois pas qu'il soit bien raisonnable ni très naturel qu'une jeune fille comme toi monte seule jusqu'au mont Liron. Cela attirerait sans aucun doute l'attention sur nos affaires, et ce n'est pas ce que nous recherchons.

– Certes, je crains malheureusement que tu n'aies raison. Restent alors Antonin ou Julien Chablais.

– Exact. Spontanément, je dirais qu'Antonin reste encore celui qui attirera le moins l'attention en montant là-haut, même si les charbonniers n'y sont plus ; je suis même certain qu'il pourrait, en y réfléchissant, trouver une bonne raison de se trouver là-haut. De plus, il connaît bien les lieux et surtout les alentours de la cabane des charbonniers. Or, le pécule est caché à proximité de celle-ci. Je pourrais, sans aucun doute, lui indiquer l'endroit où l'étui est dissimulé.

– Je suis d'accord avec toi, Clément, d'autant que, contrairement à ce qu'en dit Julien Chablais, je ne peux pas me résoudre à croire qu'il refuserait de nous aider encore, et puis, je ne sais pas pourquoi, mais je préfère placer ma confiance en lui plutôt qu'en Julien Chablais pour ce genre de chose. Mais, quoi que j'en pense, encore faudrait-il être sûr qu'il est toujours d'accord pour nous venir en aide. Or, il faut bien reconnaître que son silence ne plaide pas pour cela.

– C'est sûr, et il n'y a qu'une façon pour toi d'en avoir le cœur net.

– Je le sais, il me faudrait donc reprendre contact avec lui. Jeanne pourra m'aider, mais j'avoue que je rechigne à passer par son intermédiaire tant je crains qu'elle n'aille un jour, par indiscrétion, répandre tout cela sur la place publique. »

À cet instant précis, la porte de la chambre s'entrouvrit doucement et Julien Chablais se glissa silencieusement dans la pièce. Il nota que son apparition avait interrompu la conversation et il en conçut immédiatement une pointe de jalousie, mais, n'en laissant rien paraître, il préféra attaquer en plaisantant :

« Voilà donc le trio des étudiants de Montpellier reconstitué par le plus grand des hasards, et même si ce n'est pas dans les meilleures conditions réjouissons-nous. Mais vous n'avez pas l'air de partager mon enthousiasme, ne put-il s'empêcher d'ajouter avec une certaine amertume mal dissimulée en voyant leurs mines graves qui ne répondaient pas à son sourire.

– C'est que, reprit Mélanie, nous avons un gros problème.

– Un de plus, voilà tout, continua-t-il à plaisanter. Lequel est-ce ?

– Tout simplement, avant d'envisager de faire filer Clément jusqu'à Sète, il faut remonter au camp des charbonniers du Liron pour y récupérer le pécule qu'il s'était vu remettre par sa mère en guise de viatique et qu'il a dissimulé là-haut avant son accident.

– Je vois, je vois, réfléchit Julien Chablais, dubitatif. Il faudrait aussi t'installer ailleurs qu'ici, ajouta-t-il d'un air préoccupé en se tournant vers Clément. Je suis persuadé que ta convalescence est bien engagée et que tu n'auras plus guère besoin de soins à partir de maintenant ; en revanche, je crains que ta présence ici ne soit très vite découverte. Sumène est une trop petite ville pour pouvoir garder bien longtemps un secret comme le tien. De plus, avec tous mes patients qui se succèdent à l'étage en dessous et ma femme de ménage à qui je ne pourrais pas dire indéfiniment de ne pas venir sans éveiller ses soupçons, cette cachette n'est plus sûre aujourd'hui. »

Désorientés par cette nouvelle difficulté qui venait de surgir à un moment où ils ne l'attendaient pas, Mélanie et Clément échangèrent un long regard dépité que Julien Chablais observa avec attention. N'entrevoyant aucune solution évidente, Mélanie, désemparée, questionna en désespoir de cause :

« Mais où voulez-vous donc qu'il aille ?

– J'avais songé qu'il pourrait trouver refuge chez Antonin, le colporteur, juste le temps de trouver un moyen de le faire descendre jusqu'à Sète et aussi qu'il reprenne possession de son pécule, puisque cette nouvelle difficulté vient de surgir, répondit Julien Chablais sans hésiter une seconde, montrant à l'évidence qu'il avait déjà bien réfléchi auparavant à la solution de ce problème.

– Mettre encore Antonin à contribution, comme vous y allez ! Je crois que ce pauvre homme en a déjà assez fait, et comme vous me le disiez vous-même il ne semblait pas très empressé d'en faire plus, glissa-t-elle un brin perfide. Nous évoquions bien à l'instant avec Clément la possibilité de lui demander comme dernier service celui de remonter au Liron récupérer le bien de Clément au camp des charbonniers, mais de là à lui demander en plus de le cacher chez lui, vous exagérez peut-être un peu, et d'ailleurs rien ne dit qu'il sera d'accord pour nous aider encore en quoi que ce soit. Après tout, nous n'avons plus aucune nouvelle de lui.

– J'irai lui parler et je saurai le convaincre, affirma péremptoirement Julien Chablais d'un ton assez autoritaire. C'est un esprit simple à qui il faut présenter de simples et solides arguments, ajouta-t-il encore, faisant naître une moue de dégoût sur les lèvres de Mélanie.

– Peut-être, peut-être, mais je voudrais tout de même en être sûre, car nous jouons là une partie risquée, répondit-elle en s'efforçant de ne pas se départir de son calme devant la gravité de la situation.

– Eh bien ! si vous en êtes d'accord tous les deux, nous allons redescendre à Ganges avec toi, Clément, pour aller trouver Antonin et lui demander de nous apporter une dernière fois son aide. S'il en est d'accord, il t'abritera dans sa maison pendant quelques jours et il montera jusqu'au Liron chercher ton pécule, puis redescendra jusque chez lui pour te le remettre. D'ici là, j'aurai quant à moi trouvé une solution pour te faire descendre jusqu'à Montpellier, puis à Sète. Ce sont là des villes qui te permettront de te fondre dans la foule pendant quelques jours. En changeant d'hébergement régulièrement, tu pourras y attendre tranquillement de pouvoir t'embarquer. Est-ce que vous êtes d'accord avec cela tous les deux ? proposa-t-il comme pour clore la conversation.

– Oui, j'avoue que je serai plus tranquille lorsque je serai à Montpellier. D'abord parce que j'y ai gardé un réseau d'amitiés solides dans le milieu étudiant qui me permettra, j'en suis sûr, de pouvoir loger dans les vieux quartiers de la ville sans y être inquiété, et puis surtout parce que, lorsque je serai là-bas, j'aurai enfin cessé de vous mettre en péril.

– Parfait, si vous en êtes d'accord, je vous propose de ne pas traîner plus longtemps. Dès ce soir, nous redescendrons tous les trois à Ganges avec, si bien entendu vous le permettez Mélanie, votre cabriolet. Je pourrai ainsi récupérer le mien que j'ai laissé, avec mon cheval, chez le maréchal-ferrant et, avant de remonter jusqu'ici, j'irai chez Antonin avec vous, Clément. Nous sommes tous d'accord là-dessus », insista-t-il en posant un regard grave sur Mélanie et Clément.

Tous deux acquiescèrent en silence après s'être consultés du regard, même s'ils éprouvaient un malaise en voyant Julien Chablais prendre la main sur les événements et commencer à leur dicter leur conduite. Mais n'ayant pas pour l'heure de meilleure proposition, ils se laissèrent aller à la passivité.

Julien Chablais était maintenant sorti de la pièce pour rassembler quelques vêtements qu'il laisserait à Clément Mialet afin qu'il puisse s'habiller correctement, le temps de descendre à Montpellier et de se reconstituer une garde robe complète en prévision du voyage. Mélanie et Clément se trouvaient donc seuls dans la chambre. Ils échangèrent alors un long regard dans lequel pouvait se lire toute l'inquiétude qu'ils éprouvaient l'un comme l'autre à propos de l'avenir. Auraient-ils encore l'occasion de se voir avant le départ de Clément ? Quand reviendrait-il ? Pourraient-ils encore ce jour-là renouer le fil de leur amitié ? Assise sur le lit, Mélanie prolongea ce regard en prenant dans les siennes les longues mains de Clément, puis laissa tomber sa tête sur son épaule et se mit à pleurer doucement, comme pour faire sortir d'elle l'angoisse qui l'étreignait, à l'idée de le voir s'éloigner. Entre deux sanglots, elle reprit :

« Je me sens si seule ici, si tu savais. Depuis mon retour de Montpellier, j'ai d'un côté mon père qui n'a plus qu'une idée en tête, me marier à quelqu'un qu'il me désignera et qu'il me poussera jour après jour à accepter contre ma volonté. Même si j'ai réussi à repousser un peu cette échéance, en lui faisant accepter l'idée de prendre ce poste à Saint-Martial, ce n'est que partie remise ; et d'un autre côté, j'ai maintenant Julien Chablais qui, à ce train-là, ne tardera pas à me poursuivre de ses avances. Que vais-je devenir sans toi ? Tu vas partir pour de nombreuses années, peut-être pour toujours, que vais-je faire sans ton aide ? »

Ne sachant quel aveu lire dans ces sanglots, Clément sentit en revanche très nettement sa gorge se nouer en entendant la prédiction de Mélanie concernant les vues de Julien Chablais à son égard. En fait, il prit conscience à cet instant précis que ce qui lui était insupportable dans l'idée de s'éloigner pour de nombreux mois, ce n'était pas seulement le fait de ne plus voir Mélanie, mais que c'était surtout la perspective de la retrouver à son retour enfermée dans une autre vie, dont il serait définitivement absent. Levant alors un regard douloureux vers le plafond, il aurait voulu pousser un cri de souffrance, tant cette prise de conscience lui était soudainement douloureuse. Au lieu de cela, il s'attacha à faire fonctionner son esprit à toute vitesse autour de cette unique question : comment garder Mélanie auprès de lui, sinon pour vivre avec elle, du moins pour qu'elle ne lui échappe pas totalement ? Au bout de quelques secondes, il lâcha presque malgré lui, comme si cette évidence surgissait du plus profond de ses pensées :

« Il y aussi des institutrices françaises en Tunisie, tu sais. »

Instantanément, il sentit Mélanie se raidir contre lui, puis il la vit relever la tête et un étrange sourire se dessina sur ses lèvres.

« Tu parles sérieusement ?

– Je suis très sérieux quand je dis qu'il y a des institutrices françaises en Tunisie, puisque c'est aussi la France là-bas, tout simplement.

– C'est vrai, mais tu penses sérieusement que je pourrais y occuper un poste ?

– Pour ce qui est d'en être capable, la réponse est assurément oui, mais la vraie question est de savoir si tu serais capable de tout quitter à Ganges pour partir. Assurément, ce n'est pas le moment aujourd'hui, mais d'ici un an, si j'ai réussi à m'installer chez mon oncle, tu pourrais l'envisager si la vie devenait vraiment trop pénible pour toi ici. En tout cas, tu pourras alors toujours compter sur moi pour t'y aider.

– Écoute, cette seule perspective de savoir que je pourrais un jour te rejoindre, si l'on voulait ici me forcer à faire des choses dont je n'ai pas envie, me rassure. Je suis réellement plus forte de savoir que tu restes à mes côtés, même si tu es loin. C'est exactement de cela dont j'avais besoin pour me permettre d'affronter les prochains mois. »

C'est à ce moment précis que Julien Chablais réapparut dans la pièce, poussant maladroitement la porte du pied et portant deux grands sacs de voyage en cuir. Restant stupéfait par le spectacle débordant de tendresse qu'offraient Mélanie et Clément, assis côte à côte, leurs têtes penchées l'une sur l'autre, leurs regards unis vers un même point invisible du plafond qui semblait les aspirer tous deux irrésistiblement. Il demeura bouche bée pendant quelques secondes, juste avant qu'un rictus haineux ne vienne subrepticement déformer son visage. Se raidissant de tout son corps, il laissa tomber les deux sacs sur le plancher et lâcha sèchement :

« Allons-y maintenant ! »

Quelques minutes plus tard, tous trois avaient pris place, avec les deux grands sacs, dans le cabriolet, et filaient sans dire un mot en direction de Ganges. Si Clément semblait prendre du plaisir à rouler ainsi au grand air, sortant enfin d'un long enfermement malgré la douleur que lui occasionnait chaque chaos, Mélanie gardait quant à elle un visage grave, à l'image de celui de Julien Chablais.

C'est d'ailleurs sans avoir dit un mot de plus qu'ils arrivèrent à l'entrée de Ganges à la nuit tombée, ce qui était un gage de sécurité quant à la présence de Clément Mialet, qui n'était jamais à l'abri d'un contrôle des gendarmes. Filant directement jusque chez le maréchal-ferrant, en évitant le centre du bourg, Mélanie les déposa tous deux au bord d'un terrain vague, à proximité de la remise où devait être entreposé le cabriolet de Julien Chablais, et glissa à l'oreille de Clément juste avant qu'il ne descende :

« Bonne chance ! Dis à Antonin que je le remercie de tout mon cœur pour tout ce qu'il a déjà fait pour nous et pour ce que nous lui demandons encore.

– Ce sera fait, compte sur moi.

– Dis-lui aussi de me laisser un message, pour me dire si je peux discrètement venir te voir chez lui une dernière fois, avant que je ne monte m'installer à l'école de Saint-Martial et avant ton départ.

– Je le lui dirai et je t'attendrai avec impatience.

– À plus tard, fais attention à toi.

– À toi aussi », conclut-elle abruptement juste avant de fouetter sans ménagement son cheval, afin qu'il l'arrache à cette scène et que Clément ne voit pas exploser sur ses joues les larmes douloureuses qui gonflaient démesurément ses yeux.

Emportée par l'ouragan de ses sentiments, elle ne remarqua pas dans l'ombre le visage déformé par la haine de Julien Chablais.

Clément la regarda disparaître dans la nuit et resta quelques secondes comme pétrifié, sentant un froid glacial s'insinuer en lui, puis tiré par la manche par Julien Chablais qui venait d'assister silencieux, la rage au cœur, à toute la scène, il s'évanouit en boitillant dans la pénombre, derrière un gros massif de ronces. Le laissant là, Julien Chablais, sans un mot, s'en alla frapper à la porte du maréchal-ferrant.

Une fois l'attelage préparé et la note des fers à cheval réglée, Julien Chablais prit la précaution d'attendre un long moment que le maréchal-ferrant soit rentré dans sa maison pour faire signe à Clément Mialet de le rejoindre. Ensuite, ils filèrent, toujours en évitant le centre du bourg, jusqu'à la maison d'Antonin, sans rencontrer âme qui vive. Attachant le cheval au tronc d'un jeune acacia planté à proximité du mur de clôture, ils tambourinèrent au portillon qui donnait accès au jardin potager. Après un long moment, Antonin apparut sur le seuil faiblement éclairé de la porte de la maison et, de sa voix bourrue, s'écria :

« Qui c'est ?

– C'est le docteur Chablais », lui répondit une voix plus fluette, s'efforçant de ne pas alerter les éventuels passants.

Après un court silence, ils entendirent des pas précipités descendre les marches conduisant au portillon, puis, juste après, le grincement d'une clef dans la serrure rouillée. Enfin, le portillon pivota sur lui-même et ils se glissèrent telles des ombres à l'intérieur du jardin.

C'est avec surprise qu'Antonin vit Clément Mialet, boitillant, mais assez solidement campé sur ses deux jambes, lui tendre une main amicale avec un franc sourire qui lui tira presque une larme de joie. Ainsi ragaillardi, rasé de frais et correctement vêtu, il peinait même à reconnaître le charbonnier à demi mort qu'il avait convoyé depuis le sommet du Liron jusque chez Abel, puis chez le docteur Chablais, moins de quinze jours plus tôt. Pour un peu, il l'aurait pris dans ses bras tant il était heureux d'avoir ainsi pu contribuer de façon aussi patente à la renaissance d'un homme. Mais pour l'heure, il comprit qu'il valait mieux couper court aux effusions et leur proposa immédiatement de les suivre dans la maison et de se mettre à l'abri pour discuter.

Dans la cuisine, vaguement éclairée par la lumière jaunâtre de la lampe à pétrole, flottait une odeur tenace de viande rancie. Sur la table, un couteau planté dans une miche de pain, un jambon déjà entamé jusqu'à l'os et un verre de vin rouge témoignaient du repas qu'Antonin était en train de prendre. Sur les étagères, un bric-à-brac composé de vaisselle et d'objets les plus hétéroclites témoignaient quant à eux du peu de cas qu'il faisait de l'entretien de son intérieur, lui qui passait le plus clair de son temps par monts et par vaux.

Un peu gêné tout de même par le désordre ambiant pour recevoir ses deux visiteurs du soir, il se mit en peine pour leur offrir deux chaises. Il dut débarrasser la première d'une pile de vieux journaux qu'il jeta en vrac dans un coin de la pièce, soulevant un épais nuage de poussière jaunâtre ; quant à la seconde, il dut en chasser sans ménagement son gros chat gris, qui somnolait paisiblement sans se préoccuper des nouveaux arrivants. Surpris par cette visite tardive, il les invita à s'asseoir, rajouta sur la table deux verres qu'il essuya maladroitement d'un revers de manche et s'installa sur sa chaise, en chassant de la main la nuée de mouches virevoltant autour du jambon. Une fois installé, il les dévisagea d'un air dubitatif sans prendre la parole. Comme à l'accoutumée, c'est Julien Chablais qui rompit le silence :

« Veuillez nous excuser pour cette visite à l'improviste, mais, depuis vendredi dernier, les choses se précipitent et si nous voulons parvenir à faire échapper Clément nous devons maintenant nous dépêcher.

Observant l'absence de réaction d'Antonin à ses propos, il poursuivit :

« Car nous avons maintenant un problème supplémentaire à régler, annonça-t-il en se tournant vers Clément Mialet comme pour lui donner la parole.

– Effectivement, reprit ce dernier, comprenant l'appel du pied de Julien Chablais. Lorsque vous avez eu la bonté de me sortir de la cabane des charbonniers du Liron, pour me redescendre jusqu'à Saint-Martial et m'y faire soigner, je n'étais pas suffisamment conscient pour vous faire savoir que je laissais en haut du Liron, dissimulé à proximité de la cabane, un pécule conséquent qui m'avait été remis par ma mère lors de mon départ d'Anduze, pour couvrir les frais de mon voyage et que j'avais préféré mettre en lieu sûr dès mon arrivée, tant mon séjour parmi ces charbonniers me faisait peur. Aujourd'hui, je dois absolument le récupérer, pour pouvoir poursuivre mon voyage et notamment pouvoir vivre quelque temps à Montpellier, avant de m'embarquer à Sète le mois prochain. »

Observant toujours du coin de l'œil Antonin qui restait impassible, Julien Chablais reprit :

« Il n'y a aucune raison que ce pécule ne se trouve plus là-haut et nous en avons absolument besoin pour mettre à exécution la suite de notre plan. Notre problème, c'est que Clément, qui connaît l'endroit où il est dissimulé, ne doit bien entendu pas y retourner.

– Alors, comment faire ? » questionna Antonin, qui baissa les yeux et s'amusa d'un air faussement distrait à racler le fond de son verre sur le bois de la table.

Un long silence succéda à cette question, et en quelques secondes l'ambiance entre les trois hommes devint à couper au couteau. Éprouvant leurs nerfs, chacun d'entre eux se cantonna dans un mutisme absolu, attendant que l'autre ne prenne le risque d'une proposition :

« Une fois de plus, nous sommes venus solliciter votre aide pour sauver la situation », finit par laisser tomber Clément, affreusement gêné, mais désireux de donner enfin un tour plus franc à leur discussion.

Un silence de plomb s'installa à nouveau et tous trois baissèrent alors le regard, semblant s'absorber dans l'examen minutieux des vieilles lattes de bois du plancher. Seul le ronronnement régulier du chat, qui avait trouvé refuge sur le lit d'Antonin, venait animer la scène que l'on aurait crue figée comme une vitrine de musée. Pourtant, sous le calme apparent, une tempête s'était levée chez chacun d'entre eux, car ils savaient tous trois que c'était à ce moment précis que se jouait la partie.

Clément était très inquiet, car il mesurait tout l'enjeu que constituait ce pécule et il était parfaitement conscient du fait qu'il multipliait ses chances de réussir dans son projet de fuite. C'était un atout majeur qui lui permettrait sans nul doute de pouvoir réussir sa traversée depuis Sète dans les meilleures conditions, en pouvant acheter clandestinement sa place au prix fort et il savait que, s'il réussissait cela, il trouverait ensuite tous les appuis nécessaires auprès de son oncle pour refaire sa vie là-bas, et peut-être même faire venir Mélanie en Tunisie. Il n'avait aucun doute là-dessus, il savait parfaitement qu'il pourrait ensuite compter sur l'appui de sa famille, et puis il aurait du temps pour organiser tout cela. Alors que maintenant, il était urgent pour lui de s'éloigner et il ne disposait pour l'heure que de fragiles appuis qui pouvaient lui faire défaut à tout moment. Il jouait là son va-tout, et il le savait.

Julien Chablais, de son côté, était en proie, sans rien en laisser paraître, à une de ces terribles crises de jalousie qui lui broyaient le cœur et l'âme et le poussaient sans aucun remords à envisager sans sourciller les pires forfaitures. En effet, quelques heures plus tôt, chez lui, alors qu'il revenait chercher

Mélanie et Clément avec les bagages du départ, il avait surpris à travers la porte quelques bribes de phrase qui lui avaient fait comprendre que tous les deux formaient le projet de se retrouver en Tunisie. Cela lui était bien entendu insupportable et surtout l'obligeait dans l'urgence à changer ses plans. Désormais, il ne suffisait plus que Clément réussisse à s'enfuir et à s'éloigner de Mélanie pour lui laisser le champ libre. Il lui fallait absolument trouver un moyen d'éloigner Clément beaucoup plus durablement, car il savait très bien que, tant que Mélanie aurait un moyen ou seulement l'espoir de pouvoir le rejoindre un jour, il n'aurait rien à espérer. Il savait aussi qu'il devrait être très habile pour parvenir à cela, car, bien entendu, il ne fallait pas que Mélanie se doute qu'il était derrière tout cela, et s'il voulait vraiment réussir il devait même continuer à passer à ses yeux pour le sauveur de Clément. Il ne savait pas encore exactement comment il allait pouvoir manœuvrer entre ces écueils, mais, en tout cas, il était clair pour lui que la récupération du pécule de Clément au mont Liron ne pouvait que favoriser ses plans, quelle que soit la tournure prise par les événements.

Antonin, quant à lui, restait dubitatif. D'abord, il se demandait quelle malédiction pouvait bien le poursuivre dans cette histoire pour qu'à chaque fois qu'il pensait en avoir terminé de nouveaux ennuis ressurgissent au moment où il s'y attendait le moins. Ensuite, en y réfléchissant d'un peu plus près, il était réellement préoccupé par le fait de ne plus avoir aucun contact avec Mélanie Estournet, qui était au fond celle qui l'avait mêlé à tout cela et qui aujourd'hui semblait ne plus vouloir avoir affaire avec lui. Enfin, il se rendait compte que s'il concevait, sans vraiment savoir pourquoi, une grande méfiance à l'égard de Julien Chablais, il éprouvait en revanche une affection profonde pour Clément et pour Mélanie. Au cours des derniers jours, qu'il venait de passer tout seul, à plusieurs reprises tous deux avaient occupé son esprit, et il s'était rendu compte, lui qui était sans famille, qu'il éprouvait à leur égard un sentiment quasiment paternel qui l'emplissait de bien-être. Il se sentait comme investi d'une mission impérieuse, celle de devoir faire le bonheur des ces deux jeunes gens, comme si cela devait naturellement passer devant les petites contraintes de sa propre existence, comme si cela devait donner enfin un sens à sa vie. Et c'est pour cela qu'il savait déjà qu'il allait faire ce que Clément attendait de lui. Ce n'est pas sa prise de décision qui motivait ce long moment de réflexion, mais plutôt la recherche des raisons profondes de celle-ci. Après un long silence pesant, il racla des pieds sur le sol, se redressa sur sa chaise et fixa Clément dans les yeux avec un regard empreint d'une grande tendresse, puis il reprit :

« Décidément, depuis que je me suis trouvé mêlé à votre histoire, il ne se passe plus une semaine sans que quelqu'un ne vienne me trouver pour me demander de remonter au sommet du Liron, plaisanta-t-il avant de reprendre aussitôt. J'imagine également que si tout fonctionne comme vous le prévoyez, ce pourrait être aussi la dernière. Alors très franchement, je ne vais pas tourner autour du pot ; je n'ai pas pour habitude de ne pas terminer ce que j'entreprends et ce que vous me demandez là ne me paraît pas insurmontable. Je vous rendrai donc ce dernier service, mais je mets une condition à cela.

– Laquelle ? interrogea aussitôt froidement Julien Chablais, sans un remerciement et en posant sur lui un regard inquisiteur qui indigna Clément Mialet.

– J'avais prévu de partir demain matin pour ma tournée de colporteur dans la vallée de l'Hérault, jusqu'à Valleraugue. Je ne peux pas la remettre maintenant, ma charrette est en bas dans la remise, chargée, prête à partir. Je pourrai donc monter au Liron depuis la vallée de Valleraugue, par Ardaillès et Bonperrier, puis par les crêtes du col de l'Asclier, à la fin de ma tournée. Nous sommes le jeudi 18 septembre, demain soir je serai à Valleraugue. J'y dormirai, puis j'y ferai le marché du samedi et la sortie de la messe du dimanche matin, ainsi que les hameaux alentours le dimanche après-midi, en terminant par Ardaillès où je dormirai. Ainsi, dès lundi, je pourrai rentrer en passant par le Liron et Saint-Martial et être ici mardi dans la matinée.

– Alors, vous pourrez même voir Mélanie en passant par Saint-Martial, intervint candidement Clément.

Elle s'installe justement lundi prochain dans son logement de fonction, au premier étage de l'école communale.

– J'irai lui rendre une petite visite, c'est entendu ! acquiesça Antonin avec un air complice.

– Et vous pensez que votre détour par le Liron et Saint-Martial n'attirera pas trop l'attention, glissa insidieusement Julien Chablais, qui ne s'était pas départi de son sérieux tout au long de la conversation.

– Absolument pas, répondit Antonin un peu surpris par la question. D'ailleurs, je pense acheter un de ces excellents jambons que l'on trouve sur le marché de Valleraugue et faire la surprise de passer l'offrir à mon ami Abel, avec qui nous nous sommes quittés un peu brouillés suite à votre intrusion chez lui, ajouta-t-il en glissant un regard malicieux vers Clément Mialet. Rien de tel que cela pour rabibocher deux vieux compères un peu en froid ! Quoi de plus normal, en étant de passage à Saint-Martial, que je passe rendre une petite visite à mon ami Abel, c'est ce que je fais toujours depuis des années maintenant. C'est même le contraire qui étonnerait et qui attirerait l'attention ! s'exclama-t-il en vidant d'un trait son verre de clinton, comme pour se donner du courage pour la suite. Mais au fait, où donc se trouve ce petit trésor ? » questionna-t-il, insouciant, en le remplissant une nouvelle fois.

Avant d'entamer ses explications, Clément se racla consciencieusement la gorge et se redressa sur sa chaise. Il vida lui aussi son verre comme pour se donner du courage et commença à parler :

« Il s'agit en fait d'un étui en cuir ouvragé contenant cinq mille francs que j'ai dissimulé, profitant d'un moment où les charbonniers travaillaient en forêt, sous le mur même de la cabane où vous m'avez trouvé.

– Sous le mur en pierre de la cabane, répéta Antonin avec un regard plein d'étonnement, tout en hochant la tête de haut en bas.

– Oui, sous le mur de derrière, opposé à l'ouverture qui tient lieu de porte d'entrée, à peu près vers le milieu. Lorsque je suis arrivé là-haut et que les charbonniers, après avoir accepté de me garder avec eux dans leur campement, m'ont fait voir la cabane dans laquelle ils s'entassaient lorsqu'il y avait des orages ou lorsqu'il faisait trop froid pour dormir à la belle étoile, j'ai bien sûr eu un haut-le-cœur et, instinctivement, j'en ai fait le tour pour voir si je ne pouvais pas trouver à proximité un petit coin où m'abriter, tant cela me soulevait l'estomac de devoir dormir avec eux à l'intérieur en cas de besoin. En passant derrière celle-ci, j'ai vu traîner quelques vieilles planches vermoulues que j'ai voulu récupérer pour essayer de me construire un petit abri, en fermant à l'aide de celles-ci un creux de rocher qui servait déjà sûrement d'abri aux charbonniers, avant que la cabane ne soit construite. C'est en récupérant ces vieilles planches que je me suis rendu compte que le mur de la cabane était construit sur un gros rocher rond, sous lequel des bêtes, un renard ou un blaireau probablement, avaient commencé à creuser un terrier avant de s'arrêter, butant sur d'autres rochers enfouis. L'idée m'est alors venue de glisser la main dans ce trou, et je me suis rendu compte que je pouvais y rentrer facilement le bras jusqu'à l'épaule. Profitant de l'absence des charbonniers, j'y ai alors déposé l'étui en cuir, que j'ai lui-même enveloppé dans de vieux chiffons. Ensuite, j'ai rebouché le petit tunnel avec des pierres rondes aussi grosses que possible pour que les bêtes ne puissent pas reprendre leur ouvrage, puis j'ai obstrué l'orifice avec de la terre, des feuilles et de la mousse, et enfin j'ai recouvert le tout à l'aide de quelques bouts de planche. Voilà, j'avoue que j'étais assez content de mon travail, car il était quasiment impossible de détecter la cachette et celle-ci pouvait résister au temps.

– Il ne reste donc plus qu'à aller déterrer le trésor, conclut Antonin, pensif, en vidant un nouveau verre. À ce propos, puisque vous ne semblez pas avoir peur que je m'enfuie avec, où voulez-vous donc que je le rapporte pour vous le remettre ?

– Mais ici même, chez vous », répondit immédiatement Julien Chablais à la place de Clément, à son grand étonnement.

Un silence glacial accueillit cette réponse pour le moins inattendue, et les trois protagonistes échangèrent alors un regard grave. Antonin, concerné au premier chef et souhaitant éclaircir au plus vite la situation, reprit le premier :

« Ici ! Vous resterez donc à Ganges jusqu'à mon retour ? Mais où logerez-vous ? questionna-t-il en se tournant vers Clément Mialet.

– Si vous le permettez, reprit Julien Chablais sans laisser le temps à Clément de répondre directement, Clément logera dans votre maison vide jusqu'à votre retour. En effet, nous sommes convenus aujourd'hui avec Mélanie qu'il ne pouvait pas rester plus longtemps dans ma maison de Sumène sans attirer immanquablement l'attention sur lui, et nous n'avons trouvé aucune autre solution pour le cacher jusqu'à son départ pour Montpellier. Mélanie a imaginé cette solution en pensant que vous ne refuseriez pas votre aide une fois de plus, ajouta-t-il en mentant effrontément.

– C'est que cela est risqué ici aussi, avança prudemment Antonin, déstabilisé. Si le voisinage aperçoit quelqu'un d'inconnu dans la maison pendant mon absence, il est probable qu'il viendra s'enquérir de la situation, et alors…

– À moins que vous ne fermiez soigneusement toutes les ouvertures avant de partir et que je vous attende en toute discrétion dans la maison close, glissa Clément, autant pour tenter de le rassurer que pour lui ôter tout argument de refus. Et de toute façon, en imaginant le pire, si j'étais découvert, je vous jure de dire que je me suis réfugié ici en voyant que la maison était vide, mais que vous n'étiez pas au courant de ma présence. Je sais que c'est beaucoup vous demander, mais je peux vous jurer que personne ne s'apercevra de rien et que, dès votre retour, je partirai à Montpellier, où je suis sûr de pouvoir me fondre dans la ville. »

Cherchant quelle attitude adopter, Antonin promena son regard de l'un à l'autre, un peu désemparé. À présent, il se sentait piégé et cherchait à tout prix comment se sortir de cette situation qu'il jugeait dangereuse. Puis, sentant la colère monter en lui, il finit par exploser :

« Comme vous y allez tous les deux ! Voilà que parce qu'un jour j'ai accepté innocemment de porter une lettre, je me retrouve aujourd'hui à héberger chez moi un insoumis recherché par les gendarmes. Décidément, c'est beaucoup me demander. Et d'ailleurs, pourquoi Mlle Estournet ne vient-elle pas elle-même me demander ce service ? finit-il par lâcher, réellement torturé par cette interrogation.

– Allons, allons, reprit Julien Chablais d'un air condescendant. Vous savez bien que Mlle Estournet, par la place qui est celle de sa famille à Ganges, ne peut absolument pas être mêlée à cette histoire, elle en a déjà assez fait elle-même et nous a chargés de vous demander ce service, assena-t-il en mentant effrontément une seconde fois, sous le regard interloqué de Clément Mialet qui garda néanmoins le silence. Je pense sincèrement qu'il serait dommage de la décevoir, d'autant que nous commençons à entrevoir le bout de cette affaire, ne croyez-vous pas ?

– Soit, finit par concéder Antonin, abasourdi par l'assurance de Julien Chablais. Je vais préparer ce qu'il faut pour que vous puissiez rester une semaine ici, sans sortir de la maison. Il n'y a aucun problème pour les provisions, mais en revanche il faut que je prenne mes dispositions pour ce qui concerne la provision d'eau que je dois tirer du puits.

– Eh bien ! c'est entendu ainsi, je vous laisse donc à vos préparatifs et je remonte sur l'heure à Sumène. À propos, puis-je vous demander un dernier service, vraiment pas grand-chose, puisque vous serez à Valleraugue demain soir ?

– Si je peux vous le rendre, ce sera avec le plus grand plaisir, répondit Antonin, hypocrite.

– J'ai là-bas un de mes confrères qui m'a interrogé voici quelques jours sur le cas de l'un de ses patients et j'ai obtenu dans mes livres la réponse qu'il cherchait. Laissez-moi donc une minute pour la lui écrire en quelques mots et je vous confierai le pli pour que vous le lui remettiez en passant, cela sera plus sûr et plus rapide que de le poster. Vous voulez bien me rendre ce petit service ?

– Mais, avec plaisir, ce sera là pour moi une bonne entrée en matière pour essayer de vendre à toute la maisonnée un peu de ma bimbeloterie », plaisanta-t-il en constatant, soulagé, que ce que lui demandait Julien Chablais était pour une fois tout à fait dans ses cordes de colporteur.

Extrayant de son grand sac à main en cuir un ordonnancier, Julien Chablais rédigea à la hâte une vingtaine de lignes, d'une écriture particulièrement désordonnée, avant de conclure par un paraphe démesuré et complexe qui fit une forte impression sur Antonin, lequel, admiratif, suivait de la tête les amples circonvolutions du porte-plume. Puis, il détacha d'un bloc une enveloppe gaufrée, d'une magnifique couleur gris perle, qui attira immédiatement l'attention d'Antonin, lui faisant penser que c'était exactement le type d'article de luxe qu'il pourrait vendre à l'occasion de ses tournées. Incontestablement, ce pouvait être le genre d'enveloppe convenant à des courriers particulièrement importants, tels qu'annonces de fiançailles ou demandes en mariage. La lui tendant, après l'avoir soigneusement cachetée, il ajouta :

« Bonsoir et encore merci pour votre dérangement.

– À votre service, répondit distraitement Antonin, tout absorbé dans la contemplation de l'enveloppe et réfléchissant déjà à sa prochaine commande.

– À la semaine prochaine donc », conclut Julien Chablais qui, ayant obtenu ce qu'il souhaitait, semblait maintenant pressé d'en finir avec cette discussion.

Quittant Clément et Antonin après de brefs au revoir, il replongea dans l'obscurité, détacha son cheval et s'en fut soulagé à travers les rues désertes de Ganges rejoindre la route de Sumène. En passant par la rue Nouzeran-Chevas, devant la maison de Mélanie, il ralentit son attelage et tourna la tête pour regarder un instant les grandes fenêtres éclairées du premier étage derrière lesquelles la famille Estournet prenait le repas du soir dans un silence recueilli.

Assise en bout de table, face à son père, Mélanie, perdue dans ses pensées, mangeait d'un bon appétit une épaisse soupe de légumes, en songeant le cœur réjoui à l'issue prochaine de la cavale de Clément Mialet. Elle ne doutait pas qu'Antonin aurait une fois de plus accepté de leur venir en aide, et même si Julien Chablais ne lui inspirait malgré elle que peu de confiance elle se disait qu'elle avait tout de même la chance de pouvoir compter sur son aide. Il n'était certes pas désintéressé dans cette affaire, et elle le savait bien, mais elle se disait qu'il serait toujours temps de lui signifier, une bonne fois pour toutes, le moment venu, que ses espoirs étaient vains, lorsque Clément Mialet serait enfin en sûreté. Elle n'était pas fière de cela, mais, décidément, le sort de Clément valait bien une brouille avec Julien Chablais et puis, dès la semaine suivante, une nouvelle vie commencerait pour elle à l'école de Saint-Martial, qui effacerait rapidement les cicatrices du passé récent. Pour elle, l'affaire était entendue, elle verrait Clément une dernière fois à Ganges avant qu'il ne parte pour Montpellier puis pour Sète, lorsque le temps serait venu de s'embarquer, dans moins d'un mois maintenant. Ensuite, elle aurait devant elle toute une année passionnante, durant laquelle elle aurait à cœur, à l'école de Saint-Martial, de commencer sa vie professionnelle, d'exercer enfin le métier auquel elle rêvait depuis tant d'années, tout en échappant à l'emprise étouffante de sa famille et au carcan de sa notabilité gangeoise. La suite, elle ne voulait pas y songer, cela lui paraissait trop lointain, mais elle avait en Clément une confiance inébranlable, et quel que soit le temps nécessaire elle savait que ce dernier trouverait, comme toujours, la solution qui leur permettrait de se retrouver et qu'elle serait toujours disponible pour lui à ce moment-là. Elle se sentait si près du but qu'elle en était sereine comme elle ne l'avait jamais été, occultant inconsciemment les derniers obstacles qui pouvaient encore se dresser sur sa route.

Roulant maintenant à bonne allure vers Sumène, dans la vallée calcaire du Rieutord bordée par les falaises blanchies par le clair de lune, Julien Chablais était en proie aux pensées les plus sombres. Les événements de la journée, l'empressement de Mélanie Estournet auprès de Clément Mialet, et surtout l'éventualité qu'il la rejoigne en Tunisie, lui étaient de plus en plus insupportables et le torturaient sans relâche, malgré son apparente indifférence. Depuis qu'il avait entendu, à leur insu, des bribes de leur conversation de l'après-midi même, chez lui, à travers la porte de la chambre, une véritable tempête s'était levée en lui, et désormais rien ne pourrait l'apaiser. Il savait qu'il devait empêcher ces projets s'il voulait avoir la moindre chance de garder Mélanie. Puisqu'elle n'allait pas spontanément vers lui aujourd'hui, il avait besoin de temps pour tisser autour d'elle une toile qui la ramènerait vers lui plus tard. Il était intimement convaincu que sa situation, son obstination et son habileté finiraient bien un jour par avoir raison de ses résistances et de son absence de sentiments pour lui.

Mais pour l'heure, il lui fallait en terminer avec Clément et devenir enfin l'unique recours et l'unique soutien de Mélanie, même si Antonin, envers qui il n'éprouvait aucune animosité particulière, devait être à son tour pris dans la tourmente qu'il s'apprêtait à déclencher. Sans aucun remords, filant dans la nuit noire, il s'attela à cette sordide réflexion.

VI

Une trahison

Art. 216 : il est spécialement prescrit à toutes les brigades de gendarmerie de rechercher avec soin et d'arrêter, partout où ils sont rencontrés, les déserteurs et insoumis signalés ainsi que les militaires qui sont en retard de rejoindre à l'expiration de leurs congés ou permissions.

Art. 218 : l'arrestation par la gendarmerie des déserteurs et insoumis donne droit à une gratification de vingt-cinq francs.

Art. 221 : les brigades vérifient avec le plus grand soin les papiers des individus qui, par leur âge, paraissent appartenir à l'armée ; elles se font présenter leur livret militaire pour vérifier leur situation au point de vue des services accomplis.

Extraits du décret du 20 mai 1903
sur le service de la gendarmerie

Ganges, le vendredi 19 septembre 1913 un peu avant l'aube...

ASSIS DEVANT LA TABLE, tartinant de saindoux une large tranche de pain rassis dans l'obscurité épaisse de la pièce, Antonin achevait de se réveiller en grelottant dans la fraîcheur matinale. Assis face à lui, Clément, le visage défiguré par une nuit de sommeil agité, le regardait en silence, comme hypnotisé, bâillant profondément de temps à autre et réchauffant ses mains autour d'un bol rempli de café.

La veille au soir, après le départ de Julien Chablais, ils avaient veillé tard dans la nuit, vidant inconsidérément deux bouteilles de clinton tout en devisant gaiement et en faisant naître entre eux une complicité jusque-là entravée par la présence du médecin. Échangeant blagues d'étudiant contre histoires drôles de colporteur, ils avaient fini la soirée, ou plutôt la première partie de la nuit, dans des éclats de rire éthyliques dont les stigmates pouvaient maintenant se lire aisément sur leurs visages aux traits tirés, au teint terreux.

Clément fut le premier à rompre le silence :

« Cinq jours enfermé ici, c'est à devenir fou, lâcha-t-il, pensif.

– Cinq petits jours à tourner en rond, avant la grande aventure, lui répondit Antonin sur un ton d'encouragement, faisant claquer la lame de son laguiole. Avant de partir sur les mers comme un grand aventurier, ajouta-t-il en plaisantant.

– Puisses-tu dire vrai, reprit-il en le fixant dans les yeux et en étrennant le tutoiement qu'ils avaient décidé d'adopter depuis leur soirée arrosée de la veille.

– Après tout, que peut-il arriver ? réfléchit rapidement Antonin. Si tu es raisonnable et si tu ne montres pas le bout de ton nez, personne ne viendra te chercher ici et, ensuite, ce sera à toi de te fondre dans la foule à Montpellier, ce qui ne semble pas trop te poser problème. Non, crois-moi, c'est ici que tu cours le plus grand risque si tu te hasardes à ouvrir ne serait-ce qu'une fenêtre.

– Ou la porte ? hasarda Clément en attendant la réaction d'Antonin, qui ne se fit pas attendre.

– Ouvrir la porte à quelqu'un, mais tu n'y penses pas ! » s'écria-t-il aussitôt, gagné par l'inquiétude.

L'air gêné, Clément se racla la gorge et reprit aussitôt :

« C'est qu'avec Mélanie, nous avions prévu de nous voir ici, avant qu'elle ne monte à Saint-Martial pour la rentrée des classes et que je ne descende vers Montpellier. Pour nous dire adieu, en quelque sorte, reprit-il d'un ton piteux.

– Vous êtes complètement fous tous les deux, souffla Antonin, en agitant la tête de droite à gauche, comme pour mieux souligner l'énormité de la chose. J'imagine très bien Mlle Estournet arriver tranquillement ici avec son beau cabriolet, le garer devant la remise et venir tout naturellement frapper à la porte d'Antonin le colporteur, sans attirer le moins du monde l'attention de tout son voisinage, qui ne rate jamais une occasion d'espionner mes moindres faits et gestes.

– Mais il faut bien que nous puissions nous revoir avant mon départ », essaya d'insister Clément.

Visiblement très embarrassé par cette nouvelle impromptue, Antonin essayait de trouver rapidement une solution à ce délicat problème. Quoiqu'il ne veuille rien en laisser paraître, il estimait lui aussi qu'après tout Clément avait assez souffert au cours de ces derniers jours et se préparait encore d'assez dures épreuves, pour avoir le droit de trouver quelques instants de réconfort en faisant, comme il se devait, ses adieux à Mélanie. Pour autant, il savait aussi que le risque était grand et qu'il devait rapidement trouver une solution pour rendre plus sûre cette rencontre, avant le départ de sa tournée pour Valleraugue. Réfléchissant à toute vitesse, il essaya d'imaginer comment il pouvait au moins mettre en garde Mélanie contre les risques qu'elle faisait courir à Clément en venant lui rendre visite, sans prendre les précautions qui s'imposaient. Timidement, Clément reprit :

« Et si vous lui laissiez un message pour l'encourager à prendre toutes les précautions nécessaires et convenir d'un code ? »

Antonin le regarda en silence, acquiesçant de fait à cette proposition, qui paraissait à l'évidence la seule chose sage restant à faire. Grattant sa barbe naissante durant un long moment en signe d'indécision, il finit par lâcher à voix basse, comme si quelqu'un pouvait l'entendre :

« C'est entendu, je vais laisser un message écrit chez Mélanie, ce matin, en partant pour Valleraugue. La Jeanne, sa femme de chambre, le lui remettra. Je vais lui demander dans celui-ci de prendre la précaution de venir de nuit et à pied. Elle montera frapper aux volets et tu n'ouvriras pas, tu m'entends bien ! Tu te contenteras alors de les déverrouiller de l'intérieur. Ensuite, elle fera mine de repartir comme s'il n'y avait personne dans la maison. Puis elle reviendra discrètement quelques minutes plus tard, et cette fois se glissera à l'intérieur, sans frapper. Voilà, comme ça, cela me semble tout de même moins risqué.

– C'est vrai, répondit Clément, un brin admiratif devant la présence d'esprit d'Antonin. En revanche, ce qui me paraît risqué, c'est de laisser un message écrit expliquant tout cela chez elle, grimaça-t-il.

– Je le lui ferai passer par la Jeanne, répondit immédiatement Antonin, qui avait déjà pensé à tout. Elle doit être toujours aussi matinale et elle sera déjà debout, tout à l'heure, quand je vais passer devant la maison Estournet. Franchement, je ne la porte pas vraiment dans mon cœur et elle non plus, mais de là à penser qu'elle pourrait nous trahir et trahir sa maîtresse par la même occasion, je ne crois pas un instant que ce soit possible. Et puis, il faut bien reconnaître que nous n'avons pas le choix, car si nous laissons la visite de Mélanie s'improviser, cela représente un risque bien plus grand à mon avis. »

Semblant hésiter durant quelques secondes, Clément finit par acquiescer de la tête avant de boire son bol de café. Antonin en profita pour fouiller dans le tiroir du buffet, débordant d'un invraisemblable bric-à-brac et finit par en extraire un vieux carnet jauni aux nombreuses pages manquantes, ainsi qu'un vieux morceau de crayon à papier tout mâchonné et à la mine arrondie. Allumant un reste de chandelle solidement collé à la table par une corolle de cire fondue, il cligna des yeux et se mit en peine de rédiger son message pour Mélanie, avec des gestes lents et maladroits. Clément le regarda en silence durant cinq minutes, puis, n'y tenant plus en voyant son ouvrage avancer aussi lentement, il lui dit doucement :

« Antonin, laisse-moi faire, va. »

Considérant d'un œil triste les quelques mots qu'il avait péniblement réussi à tracer et mesurant l'ampleur de la tâche qu'il lui restait à accomplir, Antonin tendit à Clément le carnet et le crayon, et les coudes sur la table, le menton appuyé dans ses mains, se résigna à le regarder rédiger les quelques lignes pour Mélanie.

Commençant par appointer correctement la mine du crayon, Clément reprit une nouvelle page de carnet et, se calant sur sa chaise, entama sa rédaction, sous l'œil envoûté d'Antonin qui suivait les circonvolutions habiles des doigts de Clément rédigeant ligne après ligne, avec rapidité et sans aucun effort, un long texte d'explication. Lorsqu'il eut fini, il ponctua celui-ci d'une belle signature et leva les yeux vers Antonin en lui disant :

« Tu veux que je te lise ce que j'ai écrit à Mélanie.

– Non, lui répondit ce dernier, si tu lui as expliqué ce dont nous sommes convenus, cela me suffit, ce que tu as à lui dire ne me regarde pas. »

Alors, il se leva et piocha dans le tiroir du buffet une vieille enveloppe jaunie, qu'il essaya tant bien que mal de cacheter en humectant abondamment les bords du rabat. Puis il enfila sa grosse veste de velours et fit le tour de la table pour venir poser la main sur l'épaule de Clément, lui signifiant ainsi son départ. Les deux hommes se dévisagèrent alors longuement, puis Clément finit par se lever et, dans une longue accolade silencieuse, ils essayèrent de s'encourager l'un l'autre, comme pour mieux faire face aux épreuves qui les attendaient au cours des prochains jours.

Dix minutes plus tard, le grincement de la porte de la remise se refermant vint déchirer le silence de la nuit et, juste après, le claquement des sabots de la jument attelée s'éloigna doucement en direction du centre du bourg. Dans l'obscurité encore épaisse, l'homme et la bête cheminaient lentement alors que les premiers chants des coqs annonçaient bruyamment la naissance d'une nouvelle journée. Le muscle froid, la charrette pleine, la jument peina à remonter après le pont du Rieutord, vers la maison Estournet, alors que ses articulations raidies par le froid semblaient la faire souffrir à chaque pas. Enfin, parvenue en haut de la côte, soufflant une épaisse buée par les naseaux, elle s'engagea dans la rue Nouzeran-Chevas encore profondément endormie et s'arrêta devant la lourde porte de chêne vernie de la maison de Mélanie.

Durant un assez long moment, immobile dans la pénombre, Antonin, l'oreille aux aguets, épiait les premiers bruits de la ville se réveillant. D'abord totalement obscure, la maison Estournet s'éclaira discrètement au deuxième étage et la lueur blafarde d'une chandelle vint dessiner une tache de couleur pâle sur les carreaux d'une pièce qu'Antonin identifia comme étant celle de la chambre de la Jeanne. Il sut alors qu'il allait être temps d'agir, car cette dernière, qui venait de se lever, allait maintenant s'habiller et commencer son office. Ramassant au sol une poignée de gravillons, Antonin les projeta sur la façade, autour de la fenêtre éclairée. La plupart s'écrasèrent silencieusement sur le mur, mais deux ou trois rebondirent contre les vitres dans un claquement sec caractéristique. Durant quelques secondes, rien ne se passa, puis les deux battants de la fenêtre s'écartèrent, laissant apparaître la trogne fripée et disgracieuse de la Jeanne, plissant ses petits yeux de fouine pour distinguer l'intrus dans l'obscurité de la rue.

Sans qu'il pût s'en empêcher, presque instinctivement, Antonin se demanda d'abord comment il avait pu un jour trouver le moindre charme à un tel visage, puis, chassant cette idée, il en vint aux considérations plus matérielles qui l'avaient conduit jusque-là et se mit à brandir à bout de bras l'enveloppe contenant le petit mot qu'il venait de rédiger avec Clément à l'attention de Mélanie. Immédiatement, les yeux perçants de la Jeanne captèrent le message et Antonin, toujours en silence, lui fit signe avec le bras de descendre chercher le pli. Alors, la fenêtre se referma et il sut qu'elle venait de comprendre ce qu'elle devait faire. Effectivement, la lueur de la chandelle s'estompa dans la chambre et, quelques minutes après, le lourd battant de la porte en chêne pivota en silence.

Dès que la Jeanne apparut, et pour prévenir tout tapage intempestif, Antonin posa un doigt devant sa bouche et se contenta de lui tendre le petit mot en chuchotant à voix basse :

« C'est très important, tu dois remettre ce message à Mlle Estournet dès ce matin. Personne ne doit en être au courant.

– Qu'est-ce que tu fabriques encore ? questionna-t-elle d'un air mêlant méfiance et mépris sur un visage renfrogné.

– Ne t'occupe donc pas de ça. Je pars faire ma tournée à Valleraugue et il faut que tu remettes ce mot ce matin même. Je peux compter sur toi ? »

Hésitante, elle considéra l'enveloppe encore dans la main d'Antonin et, sans esquisser un mouvement pour s'en emparer, sembla se plonger dans une intense réflexion. Puis elle finit par la saisir entre ses doigts et, sans un mot, s'enfonça dans le couloir obscur, comme une araignée regagne le centre de sa toile, sous le regard désabusé d'Antonin.

À pas lents, suivi par son attelage, ce dernier commença à s'éloigner par les faubourgs de Ganges. Un ciel lourd, bâché de gros nuages foncés, bouchait l'horizon à mi-pente des montagnes environnantes et quelques bourrasques chargées d'humidité venaient accentuer par moments l'impression de froidure. Indifférent au paysage, Antonin cheminait, noyé dans ses pensées et vaguement inquiet quant à la confiance qu'il venait d'accorder à la Jeanne. En fait, il essayait dc sc rassurer en se disant qu'il n'avait pas d'autre choix, mais cela ne le tranquillisait pas vraiment. Ces doutes l'assaillirent sans relâche toute la journée, jusqu'à son arrivée à Valleraugue, tard dans l'après-midi.

Comme à l'accoutumée, dès son arrivée, il s'installa au centre du village, près de la mairie, dans une chambre située au premier étage du *Café de l'Avenir* qui lui était réservée à ses dates de tournée par le propriétaire de l'établissement. Sans attendre, à peine son baluchon déposé sur le lit, il descendit dans la salle du troquet, particulièrement animée à cette heure, et commanda un vin blanc pour écouter plus à son aise les conversations et y prendre part le moment venu. Ce soir, comme fait exprès, il était beaucoup question des cas d'insoumission qui se multipliaient dans la région et, l'apéritif aidant, les histoires allaient bon train, laissant libre cours aux exagérations les plus débridées. Chacun y allant de son exemple, il n'était plus question, dans le brouhaha général, que de mutilations volontaires, d'arrestations mouvementées ou encore de fuites rocambolesques vers des horizons incertains. Ayant d'abord pensé que Clément était un cas isolé, Antonin se rendit vite compte que l'insoumission était devenue un véritable fait d'actualité local et cela contribua à faire ressurgir chez lui les angoisses qu'il avait péniblement réussi à refouler tout au long de la journée.

C'est donc avec un certain soulagement et, contrairement à son habitude, sans avoir pris part aux conversations, qu'il vit le café se vider à la nuit tombante. L'heure du repas approchant, lorsque le calme fut revenu dans la salle enfumée, le propriétaire de l'établissement, comme à chaque fois qu'il passait par là, lui avait réservé un copieux repas destiné à le remettre des fatigues du jour. Il lui annonça donc fièrement un menu composé de jambon de pays, de cailles rôties, de pommes de terre sautées au lard, de fromage et de poires de saison, le tout arrosé d'un vin de la plaine, fierté et spécialité de la maison. Habituellement beaucoup plus friand de ce type d'annonce, Antonin s'efforça tout de même de paraître enthousiaste, mais il profita surtout de l'occasion pour essayer d'en savoir plus à propos de cet engouement général pour les cas d'insoumission. Il hasarda donc d'un air innocent, à l'intention du patron :

« Je n'ai entendu parler de rien sur Ganges ces derniers jours, mais ici, apparemment, il y a des insoumis autour de Valleraugue.

– S'il y en a ? reprit le patron estomaqué en essuyant machinalement ses mains au torchon accroché à sa taille. Les gendarmes disent que c'est presque tous les jours pour l'ensemble du département. C'est simple, rien que sur Valleraugue, depuis le vote de la loi Barthou, c'est le quatrième jeune qui fiche le camp sans qu'on sache où il est passé.

– Et l'on n'en entend plus parler lorsqu'ils sont partis, reprit Antonin pour meubler la conversation.

– Si, ici, reprit le patron jovial. Comme vous avez pu le constater, voilà plus d'un mois que toutes les conversations tournent autour de ça. Le problème, c'est qu'entre ceux qui disent qu'ils sont partis très loin et qu'on ne les reverra pas de sitôt, ceux qui disent qu'ils les ont vus se cacher dans la campagne et ceux qui disent qu'ils sont bien au chaud au fond de leur cave en attendant que tout cela se tasse, on ne sait plus qui croire. En tout cas, s'il y en a qui cherchent, ce sont bien les gendarmes. Et eux, ils disent que la prime de vingt-cinq francs pour l'arrestation de chaque insoumis, c'est vraiment mal payé tant il paraît que les arrestations se terminent le plus souvent très mal.

– Ah ! bon, glissa Antonin d'un air faussement béat.

– Oui, ça se passe de plus en plus mal, parce que les punitions sont de plus en plus sévères et parce que, lorsqu'ils sont repris, les insoumis sont quand même envoyés dans leur régiment où on leur fait payer très cher leur conduite. Alors, foutus pour foutus, ils ne se laissent pas attraper comme ça et ça tourne mal le plus souvent. Mais dites-moi, à propos de ça, vous avez bien dû quand même entendre parler de l'affaire Clément Mialet d'Anduze ? C'est un peu votre coin ça. Celui-là alors, il a disparu corps et biens, même si l'on entend dire un peu de tout sur lui, ajouta-t-il. Je vous fiche mon billet qu'à l'heure qu'il est, avec les appuis qu'a sa famille, il est tranquillement installé à l'abri loin d'ici. Qu'est-ce que vous en pensez, vous qui êtes toujours sur les routes ?

– J'en pense que j'ai soif et que vous devriez m'apporter un carafon, essaya-t-il de plaisanter pour se sortir de ce mauvais pas.

– Tout de même, je me demande bien comment ils font pour changer de vie comme ça, du jour au lendemain, et disparaître sans laisser de traces », reprit le patron pensif, les yeux collés au plafond, comme s'il n'avait rien entendu de la commande d'Antonin.

Ce dernier, entreprenant de rouler maladroitement une cigarette entre ses gros doigts crevassés, se mura alors ostensiblement dans le silence, signifiant ainsi clairement son intention de ne pas aller plus avant dans cette conversation. Prenant acte, le patron alla se saisir d'un carafon sur le zinc et le déposa sans plus de questions sur la table d'Antonin. Durant son repas solitaire et la nuit qui suivit, Antonin, par peur de voir ressurgir ses angoisses, s'efforça de ne penser à rien, mais ne parvint, malgré les fatigues de sa journée de marche, qu'à plonger dans un sommeil agité.

Au même instant, tel un fantôme gracieux, l'ombre de Mélanie glissait au clair de la lune sur la terrasse de la maison d'Antonin et, alors que les volants de sa robe longue se balançaient lentement au-dessus des dalles de terre cuite, le cliquetis léger des talons aiguilles de ses bottines parvint jusqu'aux oreilles de Clément. Dix minutes plus tôt, les mêmes bruits l'avaient sorti dc sa torpeur et son cœur s'était mis à battre à tout rompre lorsque, succédant au roulement du cabriolet et aux mêmes pas sur la terrasse, des doigts hésitants avaient frappé aux volets. Il avait alors dû lutter contre lui-même pour ne pas les ouvrir, mais simplement les déverrouiller de l'intérieur, comme convenu dans le mot qu'il avait rédigé le matin même. Ensuite, il avait écouté les pas s'éloigner et attendu avec une telle impatience, que les minutes lui avaient semblé des heures et, maintenant, il entendait enfin le cliquetis se rapprocher à nouveau et il se plaqua contre le mur, juste à côté de la porte.

Sans un grincement, le volet s'entrouvrit, laissant glisser une ombre menue et se referma aussitôt. Toujours plaqué contre le mur, Clément était maintenant dans le dos de Mélanie, qui s'était immobilisée au centre de la pièce. Poussé alors par un élan qu'il ne put refréner, il lança en avant ses deux bras qui vinrent doucement s'enrouler autour de la poitrine de Mélanie, alors qu'il lui souffla à l'oreille :

« N'aie pas peur, c'est bien moi. »

Relâchant instantanément tous les muscles de son corps, la tension insoutenable qui l'oppressait depuis le départ de sa maison s'apaisa soudain et Mélanie sentit ses jambes se dérober sous elle et elle se laissa aller de tout son être entre les bras de Clément. La sentant s'affaisser, celui-ci l'accompagna d'un mouvement vers le lit qui se trouvait juste à proximité et l'allongea avec mille précautions, accompagnant ses gestes d'un sourire empreint de douceur. Prenant alors son visage entre ses mains, Mélanie le regarda d'abord en silence dans la pénombre. Il entrouvrit alors la bouche pour dire quelque chose, mais sentit deux bras l'attirer irrésistiblement et son souffle vint se perdre entre des lèvres tremblantes qu'il sentit s'abandonner dans un long baiser auquel il répondit aussitôt.

Enlacés par la force de leurs sentiments si longtemps niés et enfin révélés par les circonstances exceptionnelles qui les réunissaient maintenant, ils ne pensaient plus à leurs souvenirs communs, ni à tout ce qui les avait empêchés de se retrouver jusqu'alors. Leur étreinte désordonnée, irraisonnée, n'était pas un aboutissement, mais plutôt la naissance de quelque chose trop longtemps refoulé au grand jour et que la nuit venait enfin de faire naître. Sans un mot, comme si tout avait été dit ; sans un bruit, comme si le silence s'imposait là aussi ; ils s'aimaient maintenant dans la nuit noire et seuls quelques gémissements auraient pu les trahir pour l'heure, mais, dehors, tout était parfaitement calme, comme un prélude creusant le silence, pour mieux faire place au grondement du tambour.

Au même moment également, dans la vallée voisine, Julien Chablais éructait violemment dans son appartement de Sumène. Habituellement, il était certes en proie à des crises de jalousie et de paranoïa mêlées, altérant passagèrement son sens de la raison, mais qui s'effaçaient au bout de quelques heures. Aujourd'hui, en revanche, il semblait plus gravement atteint et ne parvenait pas à calmer sa fureur, depuis qu'il avait compris, en les surprenant chez lui, que Clément et Mélanie tramaient ensemble un plan pour se retrouver en Tunisie et qu'il avait entendu Mélanie proposer à Clément de venir le rejoindre dans la maison d'Antonin, avant son départ à Saint-Martial. Au paroxysme de la crise, il projeta violemment une chaise contre le mur et le craquement sinistre qu'elle fit en éclatant sur la tapisserie ponctua la terrible décision qu'il venait de prendre. Ouvrant l'abattant de son secrétaire, il se saisit d'une feuille de papier, d'une plume et d'un encrier et commença à rédiger d'une écriture saccadée :

Sumène, le vendredi 19 septembre 1913

Monsieur le Lieutenant de gendarmerie,

J'ai été amené, voici quelques jours, à soigner en urgence un jeune homme du nom de Clément Mialet, qui présentait une blessure à la jambe et auprès duquel j'ai été conduit par un certain « Antonin », colporteur à Ganges.

Déclarant n'avoir pas de domicile à proximité, je l'ai d'abord soigné à Saint-Martial, puis hébergé chez moi, à Sumène, durant plusieurs jours, le temps de sa convalescence.

Trouvant étrange cette situation et m'en ouvrant à lui, il m'a avoué sans difficulté être en fait un insoumis en fuite.

Malgré mes recommandations, il a alors refusé l'idée de se constituer prisonnier et a profité de l'une de mes absences pour quitter subrepticement mon domicile, me dérobant au passage une somme de cinq mille francs.

Le soupçonnant de complicité avec ce colporteur qui m'avait conduit jusqu'à lui, j'ai vérifié si mes soupçons étaient fondés et j'ai pu m'assurer qu'il se cachait bien chez lui à Ganges.

Ledit colporteur est parti actuellement faire sa tournée sur Valleraugue et devrait être de retour chez lui mardi matin.

Je tenais à vous faire parvenir ces informations afin de pouvoir prouver ma bonne foi de citoyen honnête et de médecin consciencieux et afin de ne pas pouvoir être accusé de complicité dans la fuite de ce Clément Mialet.

Restant à votre disposition,

Docteur Julien Chablais

À peine eut-il terminé et avant même que l'encre ne sèche, il plia rageusement la feuille en quatre et la glissa nerveusement dans une autre enveloppe gris perle qu'il détacha de son bloc. Puis, enfilant à la hâte un manteau et couvrant sa tête d'un chapeau, il descendit atteler son cabriolet. Moins de vingt minutes plus tard, le claquement des sabots de sa jument résonnait dans les rues désertes de Sumène, tirant l'attelage en direction de la route de Ganges que des lambeaux de brume masquaient de temps à autre.

Filant à toute allure dans la nuit, Julien Chablais se sentait poussé à commettre l'irréparable par deux forces auxquelles il ne savait aucunement résister : la haine et la jalousie qu'il éprouvait à l'endroit de Clément Mialet et qui grandissaient en lui d'heure en heure, le détruisant de l'intérieur et dévastant tout sur leur passage. Tout entier à sa vengeance, il roulait maintenant à une allure folle, le regard fixe.

À ce train, il ne lui fallut pas longtemps pour entrevoir, à la lueur de la voûte étoilée, les premières maisons de Ganges. Sans ralentir le moins du monde, il les dépassa rapidement et décida de se diriger vers le centre du bourg, en passant devant la maison d'Antonin. Lorsqu'il arriva à sa hauteur, il ne remarqua tout d'abord rien et poursuivit une centaine de mètres sur sa lancée, avant de distinguer, garé dans la pénombre du bord de la route, sous le grand mur qui bordait le couvent, un autre cabriolet qu'il identifia immédiatement comme étant celui de Mélanie. Alors, son sang ne fit qu'un tour et il comprit instantanément que, derrière les volets fermés, la promesse de retrouvailles de Mélanie et de Clément, qui avait tant attisé sa haine, était en train de se réaliser.

Étouffant à grand-peine un cri de rage, il se mordit un poing, puis presque instinctivement glissa sa main à l'intérieur de son manteau et palpa la lettre qu'il venait de rédiger. Au contact de l'enveloppe, il se détendit un peu et ralentit enfin l'allure en parvenant dans les ruelles du centre. Très rapidement, il parvint devant la gendarmerie ou tout était calme en cette heure nocturne et descendit prestement du cabriolet. Tournant l'enveloppe entre ses mains, il prit un plaisir sadique en pensant qu'il tenait là au bout de ses doigts l'avenir de Clément Mialet. Au bout de quelques secondes, sans aucune hésitation, il glissa la missive dans la fente de la boîte aux lettres, alors qu'un sourire haineux se dessinait sur ses lèvres, puis la nuit se referma impitoyablement sur les bruits des sabots résonnant entre les murs en s'éloignant et scellant le destin des malheureux que la plume de Julien Chablais venait de faucher.

Après un sommeil agité, comme s'il avait été perturbé en songes par les événements de la nuit, Antonin eut bien du mal à se lever et, pourtant, il lui fallait bien se mettre au travail et assurer la tournée pour laquelle il avait entrepris ce déplacement, d'autant qu'aujourd'hui c'était jour de marché à Valleraugue, et c'était donc là l'occasion rêvée de rencontrer toute sa clientèle, qui ne manquerait pas de lui passer commande. Se décidant enfin, il se leva d'un bond, en se disant aussi qu'un peu d'activité et quelques rencontres auraient tôt fait de chasser ses angoisses. C'est donc finalement avec un certain enthousiasme qu'il s'habilla, se rasa et se pomponna, avant de descendre dans la salle du café et de s'attabler devant un solide petit déjeuner.

Une fois rassasié, il alla chercher dans la remise attenante son antique étal de colporteur qu'il ne manquait jamais d'utiliser les jours de marché. Il s'agissait là d'une sorte de grand plateau en bois, soutenu avec les bras et qui était attaché derrière son cou par une large lanière de cuir marron. Ce présentoir portable était recouvert d'une multitude de petits objets qu'il vendait au gré de ses déambulations sur les marchés, et il allait au cours d'une même journée le réassortir plusieurs fois à sa charrette, en fonction des ventes qu'il réaliserait. Ainsi affublé, il commença à parcourir les rues de Valleraugue dans lesquelles se pressait une foule affairée, cherchant à profiter des meilleures occasions du marché hebdomadaire avant de regagner les mas dans la montagne. Hélant sans façon les uns et les autres, il créait l'animation en vantant bruyamment les mérites de sa marchandise et savait prendre en un tour de main des commandes sur son petit carnet, lorsque les articles n'étaient plus disponibles, mais que les clients se précipitaient encore pour ne pas rater l'objet qu'il venait de présenter comme l'affaire du siècle et que l'on se pressait aussitôt d'acheter.

Parvenu à la hauteur du petit pont de pierre qui enjambait l'Hérault, roulant bruyamment en cette saison ses eaux boueuses entre les gros galets ronds arrachés aux flancs des montagnes, il se rappela soudain qu'il était porteur de la missive que lui avait remise Julien Chablais la veille au soir dans sa maison pour son confrère de Valleraugue. Interrompant son activité pour quelques minutes, il se dirigea donc vers la maison bourgeoise qui abritait le domicile ainsi que le cabinet du médecin et, parvenu devant la façade crépie de neuf, il tira énergiquement la cloche de la porte d'entrée qui s'ouvrit presque immédiatement. Il fut reçu sur le perron par la servante de la maisonnée, une petite vieille, fripée comme une pomme reinette, qui le considéra d'emblée d'un air méfiant et lui déclara tout à trac :

« Filez, on n'a pas besoin de vos boniments de colporteur ici.

– Holà ! tout doux, reprit-il, mi-amusé mi-agacé par un accueil aussi disgracieux, mais auquel il était malheureusement habitué.

– On n'a besoin d'aucune de vos *toyes*[1] dans cette maison, renchérit-elle, l'air méprisant.

– Ça, c'est moins sûr, reprit-il un peu moqueur. Mais pour l'heure, je n'ai rien à vous vendre, contentez-vous juste de remettre ce pli à votre maître, poursuivit-il en piochant la belle enveloppe gaufrée dans la poche intérieure de sa veste. Cela vient du docteur Chablais de Sumène, il est au courant. »

Posant la lettre dans la main de la vieille, en l'observant une dernière fois, il la salua et s'éloigna rapidement pour retourner vers les rues animées du marché, où ses affaires marchaient beaucoup mieux. D'ailleurs, avant même que midi ne sonne au clocher, il avait épuisé la quasi-totalité de sa marchandise et décida qu'il pouvait s'accorder un repos bien mérité. Dételant alors avec soulagement son étal de colporteur qui lui sciait le cou depuis le

1. Toyes : objets inutiles, babioles qui ne servent pas à grand-chose.

matin, il le déposa dans la charrette, ferma la remise attenante au *Café de l'Avenir* et poussa la porte de la salle bondée, où le sol jonché de mégots témoignait de l'activité intense qui était celle de l'établissement les jours de marché.

Se sentant un peu plus en forme que la veille au soir, il commanda un verre de vin rouge et se fraya une place pour le boire au comptoir. Les conversations les plus diverses roulaient au gré des apéritifs qui s'éclusaient à une vitesse impressionnante, et, moins de dix minutes plus tard, alors qu'il commandait un troisième verre de vin, un gros homme joufflu remit sur le tapis le sujet des insoumis. S'adressant à la cantonade, il cherchait à mobiliser l'attention de son auditoire et profiter de sa descente au marché pour raconter la mésaventure qui lui était arrivée l'avant-veille et qui deviendrait sûrement un grand classique des veillées de l'hiver suivant :

« Je te dis que je venais de donner à manger aux lapins, répéta-t-il presque en criant, dans le brouhaha, à son voisin pour que tout le monde puisse l'entendre. Avant de sortir, j'avais mis au coin du feu la poêle, avec dedans les pommes de terre sautées pour qu'elles restent bien au chaud. J'étais en train d'étaler l'herbe à l'intérieur du clapier quand j'ai entendu claquer la porte de la maison.

– Et tu n'y es pas allé ? interrogea son voisin de comptoir, comme pour relancer l'histoire.

– Et non, tu sais ce que c'est ; quand tu donnes à manger aux lapins, si tu te distrais ne serait-ce qu'une minute ils en profitent pour foutre le camp et tu es bon pour les récupérer à coups de fusil. »

Laissant passer quelques secondes, pendant lesquelles fusèrent des murmures d'approbation, il reprit :

« Et puis aussi, j'ai cru que c'était ma femme qui rentrait plus tôt que prévu de chez sa mère. Enfin, bref, j'ai continué à faire mes affaires, et quand j'ai traversé la cour pour revenir vers la maison, voilà pas que je te vois la porte qui s'ouvre et un grand escogriffe qui sort en courant avec la poêle à la main. En plus, ce couillon, comme il n'avait pas pris le temps de l'attraper avec un torchon, il se brûlait les mains et passait sans arrêt le manche d'une main dans l'autre.

– Et qu'est-ce que tu as fais ? interrogea à nouveau le même homme qui semblait tenir à l'aider dans l'animation de son récit.

– J'ai couru après, pardi ! reprit-il avec assurance, en remontant son pantalon qui passait sans cesse sous sa bedaine.

– Et tu ne veux quand même pas nous faire croire que tu l'as rattrapé ? » ironisa l'un des ses collègues au milieu des rires, sous-entendant qu'il en était bien incapable, au vu de sa corpulence.

Sans se démonter, l'homme commanda unc nouvelle absinthe et, ignorant la moquerie, se prépara à poursuivre son histoire, alors qu'Antonin, à quelques mètres de là, s'efforçait de ne pas en perdre une miette :

– Peuchère ! et même je l'aurais rattrapé, qu'est-ce que j'aurais bien pu lui faire à celui-là ? Vous l'auriez vu, maigre comme un clou, les yeux apeurés et si jeune ! Je vous jure, ce devait être juste un brave gars d'une ferme de la plaine, qui a dû monter jusqu'ici pour se cacher et qui n'ira pas bien loin avec l'hiver qui approche.

– Alors tout est bien qui finit bien. Au moins, ce soir-là, il aura eu un bon souper. Tu as fait une bonne action, voilà tout, et dimanche prochain, quand tu iras te confesser, tu auras pour une fois autre chose à raconter au curé que tes péchés habituels. De quoi tu te plains alors ? reprit un de ses collègues dans l'hilarité générale.

– De quoi je me plains ? reprit-il en se donnant un air théâtral un peu ridicule. Va pour les patates, on a quand même de quoi en manger d'autres au mas, mais par contre, on n'avait plus de poêle pour les faire cuire et c'est pour ça que je suis descendu au marché pour en acheter une aujourd'hui », conclut-il triomphalement.

Fier de la chute de son histoire du jour, il vida d'un trait la moitié de son verre, savourant les rires qui fusaient autour de lui et le payaient largement de sa poêle et de sa descente au marché de Valleraugue.

Affichant un sourire de circonstance pour ne pas trop détonner, Antonin était quant à lui réellement inquiet de voir à quel point les insoumis défrayaient la chronique locale. Réellement préoccupé, il se dit qu'il devenait vraiment urgent qu'il termine sa tournée, puis qu'il récupère l'argent caché au campement des charbonniers, permettant ainsi à Clément de partir vers Montpellier.

Sans plus attendre, laissant l'auditoire des buveurs invétérés à leurs histoires, il paya sa note et alla préparer sa charrette pour accomplir pendant les deux jours suivants la tournée des hameaux environnants.

Alors qu'il reprenait les chemins, visitant les mas situés sur les premières pentes de l'Aigoual, plus bas dans la vallée, au fond d'une maison cossue de Ganges, Mélanie pleurait à chaudes larmes. Non pas des larmes de tristesse, mais des larmes de bonheur et d'inquiétude mêlés. Son corps exultait après les instants de plénitude qu'elle venait de connaître avec Clément, mais ceux-ci ne rendaient au fond que plus insupportable la perspective de leur séparation prochaine qui, si elle ne devait être que provisoire, n'en restait pas moins hasardeuse. Allongée sur son lit, habituellement si raisonnée, elle était maintenant la proie de ses propres sentiments et ne parvenait plus à reprendre en main les rênes de sa vie. La tête enfouie dans son oreiller, elle sanglotait sans fin, l'esprit vide.

VII

Les temps des sentences

Chargés d'arrêter les déserteurs signalés, les militaires de l'Arme doivent s'en saisir et les reconduire jusqu'à leur corps pour qu'ils y soient jugés par leurs pairs. L'usage est de condamner les réfractaires au su et vu de leurs camarades, que l'on charge de l'administration de leurs peines, ou auxquels on les réintègre ensuite, si la sanction n'est pas trop lourde.

Extraits du décret du 20 mai 1903
sur le service de la gendarmerie

Ardaillès, le lundi 22 septembre 1913, à l'aube…

PARTI DÈS L'AUBE, déjà beaucoup plus tardive en ce début d'automne, Antonin peinait maintenant à pousser sa jument qui rechignait à monter la côte en lacets conduisant depuis le village d'Ardaillès jusqu'aux crêtes du col de l'Asclier et au hameau de Bonperrier. La charrette, pourtant presque vide, semblait à chaque pas tirer irrésistiblement la pauvre bête en arrière, vers le fond de la vallée. Après deux heures d'une fastidieuse montée sous un ciel laiteux qui ne cessait de se couvrir de minute en minute, ils étaient tous deux en nage et, lorsqu'ils débouchèrent enfin sur la crête, au niveau de la ferme de Bonperrier, ils y furent accueillis par un vent aigrelet, soufflant de la mer un air humide et froid, chargé de gros nuages cotonneux qui venaient s'écraser sans cesse contre le relief, l'enveloppant de leur masse blanche et semblant se dissoudre instantanément à son contact. Presque tout de suite, après l'effort de la montée, le froid les saisit au plus profond d'eux-mêmes et la jument commença à souffler bruyamment, frissonnant de tout son long, comme pour se débarrasser au plus vite de toute la sueur qui lui collait aux flancs et tenter de réchauffer sa grosse carcasse.

À présent, il leur restait encore à suivre la longue crête, pendant presque deux heures de plus, avant d'arriver au sommet du Liron et au camp des charbonniers. Prudent, Antonin jugea préférable de s'accorder une halte et il s'attacha, en redescendant sur quelques dizaines de mètres, à trouver un coin à l'abri du vent. Installé derrière un épaulement rocheux, il se recroquevilla derrière sa charrette pendant que la jument commençait à brouter les touffes d'herbe à sa portée en hennissant de plaisir. Le dos calé contre la roue, il sortit de sa musette un petit saucisson sec non entamé, acheté l'avant-veille au marché de Valleraugue, ainsi qu'un reste de miche de pain et une bouteille de clinton à peine entamée. Ainsi campé, il attaqua de bon appétit son casse-croûte et se replongea dans ses pensées.

Depuis la visite de Julien Chablais et de Clément Mialet à son domicile, il éprouvait une sorte de malaise persistant, en pensant que Mélanie était devenue très lointaine, ne semblant plus s'intéresser à lui et lui faisant demander par d'autres les services qu'elle continuait pourtant à solliciter. Au fond, tout cela l'étonnait et ne lui paraissait pas vraiment naturel. Essayant de chasser ces vilaines pensées de son esprit, il entreprit de faire mentalement le bilan de sa tournée à Valleraugue. Incontestablement, son affaire marchait bien ; non seulement il venait d'écouler toute sa marchandise, mais encore il aurait pu en vendre encore bien plus le jour du marché où il était en passe de devenir une célébrité locale. Désormais, on l'attendait impatiemment pour voir ce qu'il apportait de nouveautés et beaucoup venaient dépenser chez lui le peu qu'ils étaient parvenus à économiser après avoir acheté l'indispensable. Les femmes, bien sûr, ne pouvaient résister bien longtemps à ses articles de mercerie qu'il choisissait toujours dans des styles très originaux, introuvables localement. Mais les hommes, également, se trouvaient toujours intéressés par des articles de petit bricolage, pas toujours vraiment utiles aux travaux de tous les jours, mais attisant tellement leur curiosité lorsqu'il les leur présentait avec son bagou qu'il en faisait rapidement oublier l'utilité réelle. De fait, il rentrait une fois de plus les poches pleines et le carnet de commandes rempli, se demandant comment il pourrait bien développer son activité au-delà d'une simple charrette. Perdu dans ses pensées, il tirait déjà des plans sur la comète, encouragé en cela par le vin qui lui réchauffait lc corps et l'esprit, lorsqu'une rafale de vent plus forte que les autres le ramena brutalement à la réalité. Après avoir bu une dernière gorgée, il s'essuya d'un revers de manche et reboucha la bouteille en faisant claquer sa langue de contentement. Puis, remettant à plus tard ses réflexions, il remit l'attelage en route et reprit sa lente progression.

Il arriva à proximité du sommet du Liron en milieu de journée. Depuis une heure déjà, ils avaient franchi la limite des nuages et avaient cheminé dès lors dans un épais brouillard qui déformait toute notion de temps et d'espace. Celui-ci, en s'épaississant, donnait maintenant à la forêt de fayards un aspect fantomatique et les troncs gris s'effaçaient par moments derrière les lambeaux de nuages, donnant l'impression de s'animer dans une danse macabre. Malgré sa connaissance des lieux, il lui fallut chercher durant un long moment avant de trouver la cabane des charbonniers, tant le paysage était méconnaissable, noyé dans cette ouate mouvante. Jusqu'au dernier instant, elle parut lui échapper, apparaissant fugacement, puis disparaissant aussitôt, insaisissable dans la nuée en mouvement.

Enfin, le petit édifice, duquel il avait extrait Clément Mialet presque mourant une dizaine de jours plus tôt, surgit de la masse blanche. Les abords en étaient toujours aussi repoussants et, en partant, les charbonniers avaient tout abandonné en l'état, laissant le soin aux intempéries de l'hiver de disperser lentement les restes nauséabonds de leur présence. Passant devant l'ouverture sombre, dans laquelle claquait au vent un vieux tissu servant de rideau, il jeta un regard rapide vers l'intérieur. Il y distingua vaguement dans la pénombre un amoncellement de tissus et de morceaux de bois qui ne l'engagea pas à pénétrer plus avant et, écœuré par le souvenir qu'il en gardait lors de sa précédente visite, il contourna directement le mur de pierre pour se retrouver à l'arrière de la construction.

Là, impatient, il commença tout de suite à dégager les vieilles planches vermoulues qui semblaient fondre lentement dans le sol sous l'effet répété des intempéries. Une forte odeur de moisi lui gifla d'abord le visage. Rejetant derrière lui les lambeaux de bois, il gratta ensuite un peu au hasard la couche de feuilles et d'humus mêlés, ne tardant pas à découvrir, à l'endroit exact indiqué par Clément Mialet, les premiers cailloux ronds obturant la petite galerie. Les retirant alors un par un, il progressa vers le fond de la cavité et, en moins de dix minutes, parvint à extraire le dernier d'entre eux.

Envoyant avec précaution sa main vers le fond de l'orifice, il dut s'allonger sur le sol trempé pour atteindre enfin, du bout des doigts, une boule de vieux chiffons et la ramener à la surface. Instinctivement, il se retourna à ce moment-là pour s'assurer qu'il était bien seul, mais ne distingua derrière lui que des bancs de brouillard traversant la montagne de plus en plus vite et semblant zigzaguer entre les troncs des fayards. Rassuré, il déroula donc les chiffons sales qui entouraient un magnifique étui de cuir clair, superbement ouvragé, et il entrouvrit celui-ci pour vérifier son contenu. Dès qu'il eut défait la lanière assurant la fermeture, une liasse de billets de banque presque neufs, épaisse comme il n'en avait jamais vu de sa vie, lui indiqua qu'il venait sans nul doute de mener à bien la première partie de sa mission.

Malgré l'isolement des lieux, il jugea préférable de dissimuler sans tarder le précieux objet et le glissa directement dans une poche intérieure de sa chemise de toile épaisse. Après quoi, il reboucha sommairement le trou sous le mur de la cabane et jeta un dernier regard sur les lieux, avant de se remettre en route, pressé de quitter cet endroit inhospitalier qui allaient maintenant retourner à de longs mois de solitude hivernale. À l'orée du bois, dans les derniers fayards, juste avant de regagner les pelouses d'altitude des pentes du sommet, il remarqua les chapeaux bruns et luisants de quelques gros cèpes qui marquaient l'arrivée de l'automne. Prenant quelques instants pour les cueillir, il déracina à la hâte leurs gros pieds charnus qui craquèrent entre ses doigts au moment de s'extraire de l'humus parfumé. Il songea à cet instant que cela constituerait un complément appréciable au jambon de Valleraugue qu'il comptait offrir à Abel dès son arrivée à Saint-Martial. Déjà, dans son esprit, il se voyait attablé au fond du café, devant un feu ronflant, en train de partager avec Abel de larges tranches de jambon cru, accompagnées d'une belle omelette aux cèpes. Peut-être alors ce serait le moment idéal pour lui raconter toute cette histoire dans le détail, le mettre dans la confidence, sceller enfin leurs retrouvailles et retrouver cette complicité à laquelle il était si profondément attaché et qui lui manquait tant aujourd'hui.

Descendant maintenant à travers la bruyère, en suivant un chemin tracé à force de passage de charrettes, il se sentait soulagé d'un poids. Au bout de quelques minutes, il finit par sortir de la zone recouverte par le brouillard et cela contribua encore à le détendre. Se retournant de temps à autre, il regardait s'éloigner le sommet de la montagne, toujours noyé dans les nuages, comme s'il s'agissait d'un lieu maudit auquel il ne parvenait à associer que de funestes souvenirs. Pressant instinctivement le pas, il se rapprocha alors rapidement de Saint-Martial où il arriva pour entendre 5 heures sonner au clocher de l'église.

Après avoir, comme à l'accoutumée, attaché sa jument à la croix monumentale trônant au centre de la place, juste devant le café d'Abel, Antonin se saisit du jambon acheté à Valleraugue et des cèpes cueillis en haut du Liron et commença à gravir triomphalement les marches conduisant à la terrasse du café. Traversant rapidement celle-ci, il eut soudain un mauvais pressentiment en ne percevant pas le bruit qui s'échappait habituellement par la porte ; ce mélange d'éclats de voix, de tintements de verres et de raclements de pied qui constituaient l'âme du lieu. À la place de tout cela, il trouva une porte close, donnant sur une salle obscure, déserte et silencieuse, portant une petite affichette griffonnée à la main d'une écriture maladroite :

« FERMÉ POUR CAUSE DE DÉCÈS »

Le sang d'Antonin ne fit qu'un tour tant il ne pouvait imaginer que son ami ait pu disparaître aussi rapidement sans qu'il n'en soit au courant, et surtout sans qu'il ait eu le temps de renouer avec lui le fil d'une amitié si durement écornée quelques jours plus tôt.

Totalement désemparé, il tournait sur lui-même sans parvenir à s'arrêter, lorsqu'il avisa, passant sous la terrasse, Ernestine, une vielle dame qu'il comptait parmi ses clientes habituelles et qu'il connaissait pour lui avoir souvent vendu des bricoles de son échoppe de colporteur. Sans hésiter, il dévala les marches de la terrasse et partit à sa rencontre.

Une fois parvenu sur place, il s'arrêta à sa hauteur, la salua rapidement et commença à la questionner sans détour :

« Ernestine, mais que s'est-il donc passé pour Abel, cela est arrivé il y a longtemps ? haleta-t-il, l'air anxieux.

– Dans la nuit de samedi à dimanche, mon bon Antonin, reprit-elle avec un air de compassion exagérée.

– Et que s'est-il passé exactement ?

– Une attaque, tout simplement, mais il y a longtemps que l'on pouvait s'y attendre, n'est-ce pas ? se lamenta-t-elle en écartant les bras en signe de fatalité.

– Oui, mais comme pour tout le monde, pas plus, lâcha-t-il incrédule.

– Pas plus, pas plus, c'est vite dit, quand on sait ce qu'il buvait, ajouta-t-elle, reprenant tout à coup son air pincé habituel.

– Pas plus que de raison tout de même, mais il a été enterré quand ?

– Ce doit être en train de se faire en ce moment même.

– Maintenant ? s'écria Antonin interloqué. Vous voulez dire qu'ils sont au cimetière en ce moment ? interrogea-t-il un peu affolé, en s'approchant déjà de la charrette pour y déposer ses cadeaux devenus inutiles et encombrants et se hâter vers le cimetière. Excusez-moi, mais alors je me dépêche d'y aller, je voudrais absolument saluer ce pauvre Abel une dernière fois.

– Mais vous ne serez jamais rendu avant la fin de l'enterrement ! reprit-elle, l'air surpris et quelque peu agacée.

– Comment ça ? Mais le cimetière est à cinq minutes à pied d'ici, reprit-il en s'éloignant déjà à grands pas.

– Mais pas celui-ci, reprit-elle alors, l'air exaspéré ; celui de Lassalle, lui cria-t-elle en désespoir de cause.

– Je ne comprends pas ! s'exclama Antonin en s'arrêtant sur place, Abel n'est pas enterré ici à Saint-Martial ? Je sais bien que sa famille était originaire de Lassalle, mais ça fait des années maintenant qu'il habitait ici et donc…

– Mais qui vous parle d'enterrer Abel ? reprit-elle avec angoisse en considérant Antonin avec étonnement et en se signant nerveusement d'une main tremblotante.

– Mais, bredouilla-t-il, si le café est fermé pour cause de décès et s'il y a un enterrement, c'est bien qu'Abel est décédé, quand même.

– Mais pas du tout, répondit-elle, excédée, Abel doit être bien vivant à l'heure qu'il est, Dieu du ciel : c'est son beau-frère, le mari de sa sœur, qui est mort ; celui qui était éleveur de cochons à Lassalle. Un rustaud sans pareil, qui passait ses journées à se goinfrer et à boire verre après verre. À ce régime-là, il avait passé les cent vingt kilos depuis belle lurette et promenait dans tous les cafés de Lassalle sa trogne rouge comme une tomate, en racontant des histoires à faire rôtir un diable, ajouta-t-elle d'un ton scandalisé en se signant une nouvelle fois.

– Et quand reviendra-t-il donc, interrogea Antonin, soudain soulagé d'un poids énorme, mais qui restait tout de même chiffonné de ne pouvoir le rencontrer ce soir-là.

– Écoutez, il a dit qu'il ne savait pas très bien, mais qu'il serait de retour au plus tard à la fin de la semaine. Il pensait rester là-bas pendant quelques jours, le temps d'aider sa sœur à s'occuper de la vente des cochons.

– Ah ! fit-il grandement dépité, après avoir calculé mentalement qu'il ne lui était absolument pas possible de l'attendre aussi longtemps. En tout cas, je vous remercie de vos renseignements, même si vous m'avez fait faire un sacré mauvais sang pendant quelques minutes… Encore une dernière question, vous ne sauriez pas, par hasard, si la nouvelle institutrice, Mlle Estournet de Ganges, qui doit remplacer M. Marget, est arrivée.

– Si, elle est venue dès la fin de la matinée en cabriolet, puis en début d'après-midi est arrivée une charrette portant toutes les malles de son déménagement. À l'heure qu'il est, elle doit être en train de s'installer au premier étage de l'école.

– Parfait, je vous remercie beaucoup, Ernestine, pour m'avoir aussi bien renseigné. Tenez, voici pour vous d'ailleurs, ajouta-t-il en allant fouiller dans un coffre qui se trouvait dans sa charrette. Voici deux mètres de ruban à chapeau qu'une cliente de Valleraugue m'avait commandés et qu'elle n'est pas venue chercher ; c'est vous qui en profiterez. Prenez, ça me fait plaisir.

– Merci infiniment », bredouilla-t-elle en baissant les yeux sur le ruban tout en rosissant de plaisir.

Puis, tournant les talons après avoir fait prestement disparaître le ruban dans une poche de sa robe, elle s'éloigna rapidement, claudicante, par l'une des ruelles en pente du village.

Sans attendre, Antonin détacha sa jument de la croix et jeta un dernier regard désabusé sur le café vide avant de s'engager sur la route menant à l'école communale. S'en approchant, il ne put s'empêcher d'être impressionné par la grande bâtisse qui imposait sa silhouette massive, dominant sans exception toutes les autres maisons du village. Pour lui, les écoles restaient toujours des lieux empreints de mystère, dans lesquels il n'avait eu que bien peu le privilège de pénétrer. Celle-là ne faisait pas exception, et la présence de Mélanie Estournet ne faisait à ses yeux que renforcer la solennité des lieux.

Ayant attaché sa jument à un anneau de fer solidement scellé dans le mur de clôture, il poussa le portail de fer forgé et pénétra dans la cour de récréation déserte où se trouvaient plantés en quinconce des marronniers qui commençaient déjà à perdre leur feuilles.

La traversant, il se retrouva devant une lourde porte de bois, donnant accès à la fois aux deux salles de classe du rez-de-chaussée et à l'escalier conduisant, au premier étage, à l'appartement de fonction qu'allait occuper Mélanie pour l'année à venir. Il y frappa, timidement d'abord, puis plus fort. N'obtenant toujours pas de réponse, il se décida au bout d'un long moment à faire le tour du bâtiment et longeant la classe des filles, qui en constituait l'aile droite, il aperçut à travers les hautes baies vitrées Mélanie, en train de ranger les boîtes de bâtons de craie dans une armoire en bois. Sans même s'en apercevoir, il resta planté durant quelques minutes, contemplant sa longue silhouette, rehaussée comme souvent par un chignon tenu par deux longues épingles. Puis il frappa doucement au carreau et, lorsqu'elle se retourna vers lui, il vit avec bonheur se dessiner sur son visage un si large sourire que toutes les inquiétudes qu'il éprouvait à son encontre depuis ces derniers jours disparurent sur l'heure.

Sortant précipitamment de la salle de classe, elle accourut vers lui avec un enthousiasme qu'il n'aurait jamais osé espérer et, avec un naturel et une familiarité qui le stupéfièrent, jeta les deux bras autour de son cou pour déposer une bise sonore sur chacune de ses joues râpeuses.

« Alors ça y est ? demanda-t-elle avec une spontanéité désarmante, tout en le dévisageant avec une tendresse teintée d'admiration.

– Ça y est, oui, lui répondit-il fièrement avec un regard plein de malice, tout en tapotant ostensiblement de la main un renflement bien visible sous la toile de sa chemise.

– Encore un grand merci, Antonin, vous en aurez décidément beaucoup fait pour Clément Mialet et pour moi et nous vous sommes décidément tous redevables, déclara-t-elle plus gravement tout en prenant ses mains dans les siennes et en le regardant droit dans les yeux.

– Parlons plutôt d'autre chose ! trancha-t-il, pour couper court aux remerciements de Mélanie qui, pour autant qu'ils lui faisaient grand plaisir, le mettaient également mal à l'aise. Comment donc se passe l'installation de la nouvelle institutrice ? lança-t-il pour dévier définitivement le cours de la conversation.

– À merveille, venez donc voir », ajouta-t-elle en l'entraînant gaiement par le bras, jusque dans la salle de classe réservée aux filles et en lui montrant avec fierté les cartes, les livres, ainsi que les différents matériels pédagogiques qui allaient devenir son quotidien, tout au long de l'année d'école qui débutait.

Puis, redevenant plus grave, elle reprit :

« Vraiment, je suis très gênée d'avoir eu encore une fois à vous solliciter.

– N'en parlons plus, mais j'avoue que je me languis maintenant de rentrer à Ganges pour lui remettre son pécule et le voir filer à Montpellier. J'arrive de Valleraugue et j'ai été surpris de voir à quel point il allait faire mauvais temps bientôt par ici pour tous les insoumis. Vous avez pu vous faire vos au revoir au moins ? glissa-t-il en baissant les yeux.

– Oui, et c'est encore grâce à vous, soyez remercié pour cela aussi, répondit-elle en cherchant son regard gêné. D'ailleurs, je vous comprends parfaitement et j'espère sincèrement que d'ici deux à trois jours toute cette histoire ne sera plus qu'un vieux secret entre nous.

– Je l'espère aussi, répondit-il avec un air qui laissait tout de même transparaître quelques regrets.

– Je suppose qu'à l'heure qu'il est vous ne repartirez pas avant demain matin et que vous allez passer la soirée et la nuit chez votre ami Abel, lança-t-elle d'un air entendu.

– C'est bien ce que je comptais faire, reprit Antonin un peu gêné, seulement voilà, son beau-frère de Lassalle vient de décéder et il est parti là-bas plusieurs jours pour assister à ses obsèques et soutenir sa sœur dans cette épreuve…

– Et où donc allez-vous vous installer pour la nuit ?

– Eh bien ! dans ma charrette, comme toujours dans ces cas-là. Ne vous en faites pas pour moi, ajouta-t-il aussitôt, j'ai depuis longtemps l'habitude de passer ma vie sur les chemins.

– Tout de même, vous savoir dehors juste à côté me désole. Vous ne voulez vraiment pas que je vous trouve une place, au chaud, quelque part dans l'école ?

– Non, sûrement pas, coupa-t-il sèchement. Ne vous inquiétez surtout de rien à ce sujet.

– Alors, laissez-moi au moins vous convier à manger avec moi, à la bonne franquette, implora-t-elle. Je ne suis pas encore vraiment installée, mais on se débrouillera toujours. D'accord ? insista-t-elle avec un sourire désarmant qui finit par emporter la décision.

– D'accord, ce sera avec grand plaisir, finit-il par concéder. Et si vous avez une poêle, nous goûterons même ensemble les premiers cèpes du Liron, ajouta-t-il fièrement, tout en mimant comiquement de ses grosses mains calleuses la rondeur du chapeau des champignons.

– On trouve décidément beaucoup de choses précieuses par là-haut », glissa-t-elle avec un sourire malicieux, qui lui donnait le charme d'une petite fille ingénue.

Les yeux dans les yeux, ils échangèrent alors un long regard complice par lequel ils éprouvèrent très distinctement l'un pour l'autre un sentiment tout particulier, qu'ils n'avaient jamais éprouvé auparavant. Sans qu'ils le sachent, ils comblaient chacun le vide de leur vie. Antonin découvrant tardivement le bonheur de la tendresse paternelle et Mélanie, quant à elle, lui vouant une admiration filiale qu'elle n'avait jamais vouée à son propre père.

Ce soir-là, l'école désertée depuis le début des vacances d'été retrouva une animation nocturne. Au premier étage, dans la vaste cuisine, la lampe à pétrole resta éclairée jusque tard dans la soirée. Confortablement attablés autour de la lourde table en bois, Mélanie Estournet et Antonin y conversaient tranquillement, tels de vieux complices, et se remémorèrent mutuellement, dans le détail, les aventures des derniers jours qui resteraient à jamais gravées dans leur mémoire. Ponctuant leur conversation d'éclats de rire, ils ne virent pas défiler les heures, et c'est vers minuit seulement qu'Antonin redescendit, accompagné par Mélanie, sur le parvis de l'école. Souhaitant partir dès l'aube, c'est là qu'il la salua, lui tendant maladroitement la main alors que, dans un grand sourire, elle enroula les bras autour de son cou pour déposer sans façon une bise sur chacune de ses joues.

Juste avant de le quitter, Mélanie lui tendit aussi une petite enveloppe bleu ciel, vierge et cachetée, en lui demandant d'avoir la gentillesse de bien vouloir la remettre à Clément Mialet, car elle n'était pas du tout certaine de le revoir avant son départ de Ganges. Elle lui expliqua que c'était une lettre par laquelle elle écrivait à Clément tout ce qu'elle ne pourrait peut-être pas lui dire avant son départ et qu'elle voulait absolument qu'il sache. Avec précaution, Antonin s'empara du petit rectangle de papier cartonné bleu et le glissa dans la poche intérieure de sa chemise, dans l'étui contenant déjà l'argent de Clément Mialet.

Un peu en contrebas, au bord de la route dont les cailloutis scintillaient sous la lune, il grimpa dans sa charrette et s'emmitoufla aussitôt dans une épaisse couverture, puis se glissa sous la bâche et resta un long moment éveillé, songeant que sa vie avait décidément pris un tour nouveau depuis sa première rencontre avec Clément Mialet. Il se dit aussi qu'il ne regrettait en rien les décisions qui l'avaient conduit jusque-là ce soir, et cela l'apaisa, juste avant qu'il ne ferme les yeux et ne s'endorme, bercé par le bruissement des feuilles caressées par un souffle de vent du nord.

Progressivement, au cours de la nuit, celui-ci se renforça, faisant d'abord courir de plus en plus vite de gros nuages cotonneux, semblant fuir à toute allure une menace invisible. Puis, une fois nettoyé, le ciel se mit à scintiller d'étoiles et le mistral donna alors tout son souffle, faisant tout plier devant lui, ne tolérant aucune résistance. Juste avant l'aube enfin, des rafales hurlantes balayaient la cime des arbres, avant de s'engouffrer entre les murs, transformant les ruelles du village en tuyères vrombissantes, puis de continuer à descendre la vallée en emportant tout sur leur passage.

Malgré l'habitude qu'il avait de dormir ainsi par tous les temps au gré de ses tournées, Antonin enfouit instinctivement la tête sous la couverture, afin d'atténuer un peu le vacarme qui secouait la montagne alentour, mais il ne parvint plus à retrouver le sommeil, regrettant un peu de ne pas avoir accepté, la veille au soir, la proposition de Mélanie. Rapidement, il se dit que, tant qu'à être réveillé, il lui valait mieux partir tout de suite. Le clair de lune était encore lumineux et il n'aurait donc aucun mal à suivre la route de nuit pendant une heure, en attendant que le jour se lève.

Il entama donc sa descente d'un pas assuré, laissant librement vagabonder ses pensées. Le vent du nord soufflait toujours aussi violemment, couchant les oreilles de sa jument en lui arrachant de temps à autre un hennissement de nervosité qu'il essayait d'apaiser de la voix et d'une tape affectueuse sur la cuisse. C'est au moment où les premiers rayons de soleil commençaient à blanchir l'horizon qu'il traversa le village de Sumène encore endormi et s'engagea vers Ganges, dans le canyon du Rieutord. Un peu plus à l'abri du vent entre les hautes falaises calcaires qui bordaient la vallée étroite, il marcha encore pendant presque deux heures.

Arrivant enfin à Ganges, il traversa le pont enjambant le Rieutord et s'engagea dans la côte qui menait à sa maison. À cette heure matinale, le quartier était désert et il n'entendit que le hurlement du vent dans les grands platanes, dont les premières feuilles jaunies s'envolaient en tourbillonnant, et l'aboiement de quelques chiens. Fatigué par sa mauvaise nuit, il détela au plus vite sa charrette et installa sans tarder sa jument dans la remise, puis monta directement dans la maison, rassuré de voir qu'apparemment rien n'avait bougé pendant son absence.

Les volets soigneusement clos semblaient indiquer que la présence de Clément Mialet n'avait toujours pas été découverte. Il fit donc jouer la clef dans la serrure, tira vers lui les volets et entrouvrit doucement la porte. Pénétrant dans la cuisine obscure, il constata avec soulagement que rien n'avait bougé à l'intérieur. Plissant les yeux, il se mit alors à la recherche de Clément Mialct. Après quelques secondes, ce dernier émergea du coin le plus sombre de la pièce, sortant de sous une vieille bâche qui le dissimulait. Avec un grand sourire, il s'approcha d'Antonin et lui donna une franche accolade qui en disait long sur le plaisir qu'il éprouvait à voir enfin quelqu'un, après ces journées d'enfermement et de solitude.

« Je commençais à trouver le temps vraiment long, lança-t-il en plaisantant.

– C'est qu'il faut quand même le temps de monter jusqu'au Liron et de redescendre, lui répondit Antonin, qui ne voulait pas demeurer en reste de plaisanterie.

– Et de chasser le trésor, renchérit Clément goguenard.

– Et de le trouver, reprit Antonin en plongeant la main dans sa chemise et en exhibant fièrement l'étui en cuir.

– Je savais qu'il n'aurait pas été découvert, murmura-t-il pensif. Grâce à vous, je commence à croire enfin en ma chance et la Tunisie s'est soudain considérablement rapprochée », ajouta-t-il, saisissant le précieux objet et le glissant aussitôt dans la poche intérieure de sa veste de velours côtelé.

À ce moment précis, le martèlement de plusieurs paires de souliers cloutés sur les dalles de la terrasse les fit brusquement retourner, juste à temps pour voir la porte d'entrée s'ouvrir brutalement et laisser s'engouffrer plusieurs ombres se bousculant pour passer par l'étroite ouverture. Incrédules, ils restèrent tous deux immobiles, jusqu'à distinguer les uniformes qui formaient maintenant un cercle presque parfait autour d'eux, les dévisageant comme des bêtes curieuses.

À peine Antonin eut-il le temps de reconnaître le visage de deux gendarmes gangeois, qui évitaient soigneusement de croiser son regard, qu'un jeune lieutenant de gendarmerie qu'il ne connaissait pas vint se raidir devant lui. Ce dernier, malgré sa petite taille, le dévisagea d'un air supérieur, lissa sa petite moustache impeccablement cirée et annonça d'une voix teintée d'un fort accent nordique, tombant comme un couperet :

« Au nom de la loi je vous arrête, insoumission et complicité à insoumis. »

Observant, non sans une certaine satisfaction, l'effet produit par sa phrase sentencieuse, le jeune lieutenant dévisagea longuement Clément Mialet et Antonin, qui restaient figés, sans réaction. Puis il fit un signe de la main à deux des gendarmes, qui entreprirent de les fouiller sommairement, voulant s'assurer qu'ils ne portaient avec eux aucune arme.

Quelques secondes plus tard, l'un des gendarmes extrayait de la veste de Clément Mialet le bel étui en cuir qu'Antonin transportait depuis la veille et qu'il venait de cacher là. Alors que le gendarme s'apprêtait à le lui rendre, constatant qu'il ne s'agissait pas d'une arme, le lieutenant s'approcha, soudainement intéressé par l'objet. Tendant une main impérieuse, il se fit remettre l'étui et tirant sur le cordon qui en assurait la fermeture, en découvrit le contenu sans surprise apparente, avec un air entendu. Il porta juste un intérêt particulier à la petite enveloppe de Mélanie Estournet qui sembla attirer son attention, puis il la replaça dans l'étui. Ensuite, il fourra l'objet délictueux dans un repli de sa vareuse. Antonin sentit subitement le monde s'effondrer autour de lui et, d'un coup reçu sur l'épaule, il fut alors sommé de suivre le mouvement. Sans autres explications, ils filèrent en direction de la gendarmerie, située au centre du bourg.

Marchant tels des automates, ils essayaient en vain de rassembler tous deux leurs idées, ne parvenant pas à trouver un sens à cette arrestation brutale. Encadrés de près par les gendarmes, ils marchaient maintenant à plusieurs mètres l'un de l'autre, comme si l'on voulait les empêcher de communiquer entre eux. Pour Antonin, il s'agissait de minimiser son rôle dans cette affaire et surtout de savoir comment leur secret était tombé. En effet, sa première réflexion l'avait conduit à penser que les gendarmes devaient nécessairement être au courant de ses projets pour avoir pu les cueillir ensemble de cette façon, à l'instant précis de son retour à Ganges.

Parvenus à la gendarmerie, ils furent immédiatement séparés. Clément Mialet fut conduit dans l'une des deux cellules que comptait le bâtiment, alors qu'Antonin fut directement assis devant un bureau en bois verni, encombré de tampons officiels en tout genre et d'un sous-main crasseux qui avait dû endurer déjà des générations d'interrogatoires.

Quelques minutes plus tard, le jeune lieutenant le rejoignit, pendit sa casquette et sa vareuse à une patère, déposa l'étui en cuir contenant l'argent sur le bureau et s'assit derrière celui-ci, face à Antonin. D'abord, il l'observa en silence, jusqu'à ce que ce dernier baisse les yeux. Fort de cette première victoire, il se saisit alors d'un vieux porte-plume qui traînait dans la rainure du bureau et le trempa cérémonieusement dans l'encrier. Puis, il le questionna sans enthousiasme sur son état civil, en remontant jusqu'à ses grands-parents. Une fois cette formalité achevée, le jeune lieutenant reposa enfin le porte-plume et, essuyant ses mains tachées d'encre d'un air contrarié, reprit l'interrogatoire avec cette fois beaucoup plus de conviction :

« Reconnaissez-vous, oui ou non, avoir abrité chez vous Clément Mialet, insoumis à ses obligations militaires et en fuite depuis la fin du mois de juillet ? »

Ne sachant encore une fois que répondre, Antonin préféra garder le silence, et le lieutenant reprit avec plus d'insistance :

« Il vient bien de nous jurer à l'instant, du fond de sa cellule, que vous n'étiez pas au courant et qu'il logeait à votre insu dans votre maison, pendant que vous faisiez votre tournée à Valleraugue et que vous l'avez trouvé ainsi ce matin, en revenant, mais le problème pour vous c'est que nous avons également à Sumène deux gendarmes qui attestent vous avoir vu en compagnie d'un homme blessé, qui aurait pu être Clément Mialet, dans le cabriolet du docteur Chablais, voici une dizaine de jours, dans la nuit du

12 au 13 septembre derniers. Reconnaissez-vous au moins cela ?

– Oui, tout à fait, je reconnais avoir transporté un charbonnier du Liron blessé. Je l'avais rencontré en montant chercher du charbon. Comme il était mal en point, je suis allé quérir le docteur Chablais pour le soigner et puis nous l'avons descendu jusqu'à Sumène

– Sans vous douter qu'il s'agissait d'un insoumis en fuite ?

– Non, mentit-il avec assurance.

– Et ensuite ?

– Ensuite, bredouilla dans un premier temps Antonin, qui sentait le piège se refermer sur lui, mais ne savait comment l'éviter, ensuite je ne sais plus. J'ai récupéré mon cheval avec lequel j'étais descendu à Sumène chercher le docteur et je suis remonté à Saint-Martial pour récupérer ma charrette, qui était restée là-haut, finit-il par affirmer avec plus d'assurance, pensant tenir là une version des faits le dédouanant, sans mettre en cause Julien Chablais.

– Et vous n'avez plus revu Clément Mialet depuis lors ?

– Je ne l'ai plus revu », affirma Antonin, qui se reprenait de minute en minute, mentant avec beaucoup plus d'aplomb.

Abandonnant cette piste, le lieutenant se saisit alors de l'étui contenant les cinq mille francs. Une vague nausée commença alors à envahir Antonin, qui sentit soudain ses jambes se défiler sous lui. D'un air dédaigneux, du bout de ses doigts fins, le gradé détailla le contenu de la pochette, faisant rapidement défiler entre son pouce et son index la liasse de billets, jetant un œil distrait aux papiers de Clément Mialet, mais considérant avec beaucoup plus d'attention la petite enveloppe bleu ciel cachetée par Mélanie la veille au soir et qu'il mit de côté sur un coin du bureau. Ensuite, il poussa délicatement l'étui jusque sous le nez d'Antonin, en reprenant d'un air détaché :

« Que vous ayez porté assistance, vous et le docteur Chablais, à Clément Mialet n'est pas en soi répréhensible, devant l'urgence de son état de santé d'alors. D'ailleurs, le docteur Chablais s'est ensuite comporté en citoyen responsable, en signalant à la gendarmerie qu'il avait été amené à recueillir chez lui, le temps de le soigner, Clément Mialet, dont la situation militaire ne lui paraissait pas régulière. Nous ne pourrons d'ailleurs pas plus lui tenir rigueur du fait que ce dernier lui ait faussé compagnie de son domicile de Sumène pendant la période où il lui prodiguait des soins, mais c'est plutôt la suite des événements qui me paraît beaucoup plus grave. »

Observant l'air ahuri d'Antonin, il poursuivit :

« Se soustraire à ses obligations militaires est une chose, qui est passible de peines militaires lorsque Clément Mialet va être incorporé de force dans son unité, en revanche voler une somme de cinq mille francs au docteur Chablais avant de quitter son domicile est une autre chose qui relève du droit commun. »

Abasourdi, Antonin cligna des yeux plusieurs fois, comme pour se convaincre de ce qui venait d'être dit. Il se remémora rapidement la chronologie des événements de ces derniers jours et resta pétrifié à l'idée d'une telle duplicité et d'un tel machiavélisme de la part de Julien Chablais. Levant les yeux, il croisa le regard impavide du lieutenant, qui semblait tellement sûr de lui qu'il lui fallut se rendre à l'évidence et accepter l'idée d'une trahison de cette ampleur, même s'il n'arrivait pas pour l'instant à envisager les motifs qui auraient pu conduire le jeune médecin à celle-ci. Revenu au calme et considérant avec agacement le silence d'Antonin, le lieutenant reprit en s'impatientant :

« J'attends toujours vos explications, concernant la présence de Clément Mialet à votre domicile.

– Je n'ai pas d'explication, capitula un peu bêtement Antonin, ne sachant plus à quoi se raccrocher et sentant la partie mal engagée.

– Je vais donc vous aider, pour que nous progressions un peu, dit-il doucement d'un air de fausse condescendance. Julien Chablais, ayant fait son devoir de médecin, a informé Clément Mialet que son devoir de citoyen était dès lors de prévenir les autorités. Cela n'a pas été du tout du goût de ce dernier et il a filé, en emportant au passage les cinq mille francs qui lui seraient bien utiles dans sa fuite.

Ne sachant où aller, il est tout naturellement venu chercher de l'aide auprès de vous, qui l'aviez déjà aidé une première fois. Et là, vous avez fait affaire, car il avait désormais beaucoup d'argent. Probablement vous a-t-il promis une partie de son pécule, si vous l'aidiez à se cacher puis à s'enfuir ? Une véritable aubaine pour vous, bien plus d'argent que vous ne pourriez en gagner dans toute une vie de colporteur. Comment laisser échapper une telle occasion ? »

Restant sans réaction, Antonin voyait maintenant très distinctement le piège se refermer sur lui, sans pour autant être capable de tenter quoi que ce soit pour essayer d'y échapper. La réalité tout autant que la situation imaginée par le jeune lieutenant l'accusaient pareillement, à la différence que, dans le premier cas, il n'était pas seul en cause et qu'Abel et Mélanie pouvaient avoir à en pâtir, alors que dans le second il était seul à devoir répondre de ses actes. Cette perspective acheva de le décider et, rassemblant son courage pour prendre une décision rapide, il finit par répondre d'une voix presque inaudible :

« Effectivement, vous avez raison, nous aurions partagé l'argent avec Clément Mialet si j'étais parvenu à le conduire jusqu'à Montpellier, comme il me l'a demandé.

– Nous y voilà donc, murmura le lieutenant avec un sourire de satisfaction. Puis-je donc considérer que votre déposition sera faite sur cette base ?

– Oui, vous pouvez y compter, ajouta Antonin les yeux rivés au sol.

– Parfait, encore une dernière chose, dit le lieutenant en agitant au bout de ses doigts la petite enveloppe bleu ciel de Mélanie. Qu'est-ce donc que cela ?

– Cela n'a rien à voir avec toute cette histoire, coupa-t-il énergiquement. C'est une enveloppe qui m'a été remise par la nouvelle institutrice de Saint-Martial, Mlle Mélanie Estournet, dont la famille réside à Ganges. Elle m'a demandé, comme on me le demande souvent en tant que colporteur, de la remettre à ses parents, mentit-il dans la précipitation. Sachant ce qu'elle contenait, il tenta ainsi le tout pour le tout. Il se dit qu'à tout prendre il valait mieux encore qu'elle soit lue par ses parents plutôt que par les gendarmes, car il était sûr que, s'il disait qu'elle était en fait destinée à Clément Mialet, il compromettrait sans aucun doute Mélanie, et alors il n'aurait servi à rien qu'il se dénonce, comme il venait de le faire. »

Semblant hésiter, devant la clarté de ses affirmations, le gendarme fit tourner plusieurs fois la petite enveloppe bleu ciel entre ses doigts, la considérant avec curiosité. Ensuite, il la déposa sur le bureau, puis la reprit entre ses doigts, indécis, le regard soucieux, et reprit enfin, l'air interrogatif :

« S'agit-il de la famille Estournet, dont le père envisage de se présenter aux prochaines élections municipales ?

– Oui, c'est cela même, martela Antonin qui semblait avoir fait mouche.

– Et avez-vous une petite idée de ce qu'elle peut contenir ?

– Pas la moindre, mentit Antonin avec assurance, mais je suppose que Mlle Estournet aura voulu donner à ses parents quelques nouvelles concernant son installation récente à l'école de Saint-Martial. Cela me semble logique, non ?

– Oui, peut-être bien, maugréa le jeune lieutenant à moitié convaincu. Eh bien ! je la remettrai donc moi-même à ses parents dès que possible, reprit-il, un peu soucieux de voir cette affaire se prolonger jusque dans la notabilité gangeoise et craignant de se retrouver dans quelque scandale local, préjudiciable à sa carrière naissante.

– Je vous en remercie, conclut Antonin, s'efforçant de ne pas trop laisser voir son soulagement. »

Puis, après quelques secondes, il reprit, comme pour détourner la conversation :

« Pouvez-vous me dire ce qu'il va advenir de Clément Mialet ?

– Clément Mialet va être reconduit à Nancy, jusqu'au régiment dans lequel il devait être incorporé, pour y recevoir les sanctions auxquelles il s'est exposé par son insoumission ; probablement quelques mois de prison. Ensuite, il devra effectuer son temps, comme tout le monde.

– Et pour le vol des cinq mille francs, glissa finement Antonin.

– Il est possible que le docteur Julien Chablais ne souhaite pas porter plainte si l'on a retrouvé l'argent.

– Le docteur Chablais a donc déclaré que cinq mille francs venaient de lui être volés, répéta-t-il pour lui-même, comme pour mieux se convaincre de l'énormité de la chose et de la malhonnêteté de celui-ci.

– Tout à fait, mais s'il ne porte pas plainte, puisque l'argent est retrouvé, Clément Mialet ne sera pas inquiété pour ce vol.

– Et en ce qui me concerne ?

– En ce qui vous concerne, c'est différent.

– En quoi ?

– Vous ne serez pas inquiété non plus pour l'argent, puisque ce n'est pas vous qui l'avez volé et vous n'êtes pas non plus passible de la justice militaire, car vous n'êtes pas appelé au service national. En revanche, en ayant aidé quelqu'un à s'y soustraire, vous devriez avoir à rendre des comptes à la justice civile et ce serait au tribunal de Montpellier de vous juger pour cela, quand il lui semblera bon de le faire.

– Et en attendant ?

– En attendant, je ne sais pas ce que je dois faire de vous. Pour la gendarmerie, l'affaire va se clore avec le départ de Clément Mialet pour Nancy. Cela fera un insoumis de plus qui sera finalement rentré dans le rang, et cela sera un exemple pour tous les jeunes appelés qui seraient tentés de se soustraire à l'appel de l'armée. D'un autre côté, pour que l'exemple soit complet, vous devriez vous aussi être jugé pour votre complicité, comme je viens de vous le dire. Malheureusement, la justice civile ne dispose pas du même zèle ni de la même rapidité que la justice militaire pour juger les insoumis, et je crains qu'au bout du compte, d'ici à quelques mois, plus personne ne se rappelle de cette affaire, lorsque vous serez jugé à Montpellier, entre deux couloirs, dans l'indifférence générale.

– Et jusque-là, que vais-je devenir ?

– Je vous avoue que je m'interroge encore à ce propos, répondit-il en le regardant droit dans les yeux. J'ai le sentiment que toute cette histoire est beaucoup plus compliquée qu'il n'y paraît et que du moment que Clément Mialet est en route pour Nancy il ne m'appartient pas de démêler les fils qui se sont enchevêtrés autour de sa fuite. Ne croyez pas que je sois totalement dupe du comportement du docteur Chablais, qui m'a paru très étrange. En effet, comment expliquer qu'il ait semblé à un moment vouloir aider Clément Mialet, pour venir finalement le dénoncer quelques jours plus tard ? »

Conscient qu'il mettait le doigt sur une affaire plus compliquée qu'il n'y paraissait, le lieutenant préféra ne rien ajouter à ce sujet. Après tout, il n'était là que pour traquer les insoumis. En aucun cas, il ne cherchait à comprendre les machinations que lui avait livrées Clément Mialet. Il prit le temps de réfléchir, puis déclara à Antonin :

« Écoutez, je vais vous proposer un arrangement qui devra rester entre nous. Comme je vous le dis, je ne cherche pas à comprendre, mais j'ai simplement profité du fait que cette dénonciation inespérée me permettait de boucler cette affaire rapidement, ce qui n'est pas la moindre des choses, d'autant que je sais que dans le pays, il m'aurait été impossible de retrouver Clément Mialet au milieu de vos montagnes, où un étranger n'a aucune chance de dénicher quelqu'un que l'on veut y cacher et que l'on a décidé de protéger. Si je rédige à votre encontre un mandat de dépôt, en alourdissant votre participation dans cette affaire, je devrai témoigner à votre procès, ce qui ne m'enchante guère, car je sens bien que quelque chose m'échappe dans cette affaire. Je vais donc vous proposer un arrangement qui, si vous l'acceptez, devra rester entre nous. »

S'interrompant, il se leva pour fermer la porte du bureau et se rassit en fixant Antonin.

« D'accord, signifia simplement ce dernier.

– Ce que je vous propose, c'est de tirer un trait sur votre participation, pour le moins obscure dans tout cela, en échange de votre départ de Ganges, lui annonça-t-il brutalement. En effet, je suis intimement convaincu que cette triste affaire pourrait bien rebondir, car elle est beaucoup plus compliquée qu'il n'y paraît et que les relations entre les familles Mialet et Estournet, ainsi qu'avec le docteur Chablais, pourraient bien devenir orageuses si le dessous de tout cela était mis au grand jour. C'est une raison de plus pour laquelle je ne suis pas très favorable à votre passage en justice, qui pourrait être une occasion de plus d'étaler tout cela en public. En clair, si j'ai votre parole que d'ici à quelques jours vous vous serez éloigné de Ganges pour aller exercer votre métier de colporteur dans d'autres lieux, je peux vous garantir que vous ne serez pas inquiété de mon fait. Qu'en pensez-vous ? questionna-t-il sans détour, en fixant Antonin dans les yeux et en l'obligeant à soutenir son regard.

– C'est la seule solution pour ne pas aller en prison ? demanda un peu béatement Antonin.

– La seule. »

Promenant un regard éperdu sur les murs crasseux de la pièce, Antonin se livrait à une réflexion cruciale pour lui. D'un côté, il y avait Mélanie et Clément, leur histoire, si courte mais si intense, et ce sentiment d'avoir avec eux levé un coin du voile sur un monde fascinant, qui n'était pas le sien, mais qui l'attirait irrésistiblement. De l'autre, il y avait cette liberté, qu'il pouvait toucher du doigt, à en croire le jeune lieutenant. Le fait de pouvoir rentrer libre chez lui, comme si rien de tout ça ne s'était réellement passé. Oublier les mensonges et les trahisons qui l'avaient conduit jusque-là et partir sur les routes, comme il l'avait toujours fait, pour refaire sa vie de colporteur un peu plus loin le tenta soudainement. Un raclement de pieds le ramena à la réalité et trahit l'impatience du jeune lieutenant d'en finir avec lui :

« J'ai votre parole que je peux repartir maintenant comme si rien ne s'était passé et que je ne serai pas inquiété pour quitter Ganges ?

– Vous l'avez et, si je peux me permettre un conseil, au plus vite vous le ferez, au moins vous prendrez de risques.

– Alors, c'est d'accord, je ne veux plus rien avoir à faire avec cette histoire. Mais juste une dernière question s'il vous plaît…

– Je vous écoute.

– Comment étiez-vous sûrs de pouvoir nous arrêter tous les deux, avec Clément Mialet, en venant chez moi ce matin de bonne heure.

– Nous nous sommes fiés à ceci, tout simplement, dit le lieutenant, en sortant du tiroir du bureau une belle enveloppe gris perle finement gaufrée, qu'Antonin n'eut aucun mal à reconnaître immédiatement, avec un terrible pincement au cœur.

– Une lettre de dénonciation, n'est-ce pas ?

– Oui, et très bien renseignée.

– Je crois que tout est dit et que c'est vous décidément qui avez raison, je n'ai plus rien à faire ici.

– Alors, c'est parfait ainsi. Adieu, j'espère sincèrement ne jamais avoir à vous arrêter une nouvelle fois.

– Moi non plus, adieu donc. »

VIII

Les fossoyeurs d'espoir

Dans toutes les larmes s'attarde un espoir.
Simone de Beauvoir

Ganges, le samedi 27 septembre 1913, en début de soirée

AU PREMIER ÉTAGE DE LA MAISON de la famille Estournet, dans la vaste salle à manger, le souper était servi dans une ambiance lugubre et le cliquetis des cuillères à soupe sur la porcelaine des assiettes creuses soulignait le silence pesant qui semblait écraser les convives. Au-dehors, dans les rues désertes de Ganges, un vent du sud annonciateur des violents orages de l'automne soufflait en tempête, arrachant impitoyablement aux platanes leurs premières feuilles jaunies pour les projeter aussitôt vers l'abîme d'un ciel noir.

Assis à chaque bout de la longue table, M. et Mme Estournet finissaient lentement leur assiette de soupe, indifférents à leur fille sanglotant dans sa serviette. Revenue de Saint-Martial après sa semaine de préparation de l'école pour passer le dimanche à Ganges avec ses parents, juste avant le lundi de la grande rentrée des classes, elle était loin d'imaginer la cascade de mauvaises nouvelles qui l'attendait.

Arrivée en fin d'après-midi, elle avait tout de suite appris de la bouche de Jeanne la nouvelle de l'arrestation de Clément Mialet et d'Antonin au domicile de ce dernier, quatre jours plus tôt. Une fois la surprise passée, elle avait voulu les voir tous deux, mais Jeanne lui avait expliqué que ce n'était pas possible, ayant elle-même échoué en tentant de le faire. En effet, Clément Mialet avait été emmené vers Montpellier où il avait déjà dû prendre le train sous bonne garde pour rejoindre de force son régiment à Nancy. Antonin, quant à lui, semblait s'être volatilisé de sa maison, n'ayant emporté avec lui que sa jument et sa charrette, contenant tout son bric-à-brac de colporteur et ayant juste dit aux propriétaires de sa maison qu'ils pouvaient chercher un autre locataire, car son métier l'appelait ailleurs et qu'il ne reviendrait pas. Deux bien mauvaises nouvelles qui avaient laissé Mélanie sans force, tant elle avait fondé d'espoir sur la fuite de Clément Mialet et tant il lui avait semblé que rien ne pourrait l'arrêter.

Ensuite, elle avait dû affronter le mutisme hostile de ses parents qui, en rentrant d'une visite de courtoisie en ville, avaient à peine consenti à lui dire bonjour, lui demandant sèchement de les rejoindre dans la salle à manger à 7 heures précises, pour un souper au cours duquel ils devaient avoir avec elle une importante explication.

Le repas, qui avait commencé dans la morosité, continuait sur le même ton. Après avoir débarrassé le potage et servi les beignets de cervelle, Jeanne se retira de la pièce en déposant un copieux flan aux œufs sur le bord de la table, juste au moment où M. Estournet entamait avec sa femme une conversation à propos des derniers développements de l'affaire de l'insoumis du mont Liron, sans paraître se préoccuper de sa fille.

« Figurez-vous, ma chère, commença-t-il en s'adressant à sa femme d'un ton solennel, prenant une pause martiale, que ce pauvre Clément Mialet a donc échoué dans sa tentative de fuite. Le voilà maintenant parti pour Nancy, entre deux gendarmes. Quel triste sort tout de même pour cet enfant que tout destinait à un avenir doré !

– C'est certain, quelle misère ! ânonna-t-elle les yeux baissés, avec des hochements de tête répétés.

– L'autre jour, le lieutenant de gendarmerie qui l'a arrêté alors qu'il se cachait dans la maison du colporteur m'a indiqué qu'il n'a pas opposé de résistance. C'est déjà bien ainsi, car il me disait aussi que, depuis le vote de la loi Barthou, les cas d'insoumission se multiplient et les fuyards deviennent de plus en plus violents avec les gendarmes qui viennent les déloger, aggravant considérablement leur cas.

– Dieu merci, le pire a donc été évité, ajouta-t-elle en se signant rapidement et en remontant son châle sur ses épaules osseuses, comme pour se protéger de quelque catastrophe imminente.

– J'espère que, malgré la mode actuelle qui pousse à plus de sévérité à leur endroit, il ne sera pas trop lourdement condamné, poursuivit M. Estournet, faussement condescendant. Ce jeune lieutenant m'a expliqué que les gendarmes qui sont chargés d'arrêter les insoumis doivent s'en saisir, puis les reconduire jusqu'à leur corps, pour qu'ils y soient jugés par leurs pairs. L'usage est en effet de les condamner au su et vu de leurs camarades, que l'on charge même de l'administration de leurs peines pour servir d'exemple. Clément Mialet sera donc conduit jusqu'à Nancy dans les prochains jours où lui sera notifiée sa punition, finit-il d'expliquer d'un ton définitif.

– Espérons en tout cas qu'il pourra maintenant faire son armée normalement, puis rentrer dans sa famille et qu'il ne traînera pas cette erreur de jeunesse toute sa vie, lâcha Mme Estournet d'un air aigre, qui faisait douter de la sincérité de ses propos.

– Oui, c'est à souhaiter effectivement, il paraît également qu'il a été assez gravement blessé pendant sa fuite et qu'il ne doit la vie qu'à l'intervention providentielle du docteur Chablais.

– Comment cela ? reprit immédiatement Mme Estournet, comme pour lui donner la réplique.

– Eh bien ! il semblerait que Clément Mialet ait trouvé refuge dans un camp de charbonniers, en haut du mont Liron, et qu'il s'y soit blessé. C'est le docteur Chablais qui a été appelé pour le soigner, ce qu'il a fait avec succès. Ensuite, il se serait occupé de sa convalescence en l'hébergeant chez lui et aurait alors tenté de le convaincre de se rendre aux autorités. »

Jetant un regard appuyé sur Mélanie, qui ne put masquer l'intérêt qu'elle éprouvait subitement à l'endroit des propos de son père, il poursuivit comme si de rien n'était :

« N'y parvenant pas, s'est ensuite posé pour lui un cas de conscience. Soit il ne disait rien, sachant que la fuite de Clément Mialet pouvait très mal tourner, soit il prenait l'initiative de le dénoncer lui-même aux gendarmes, en se disant que, dans ce cas, Clément Mialet s'en tirerait avec seulement quelques mois de prison dans son régiment. Le lieutenant m'a dit que Julien Chablais avait finalement opté en conscience pour la seconde solution, qui était de loin la plus raisonnable, vous en conviendrez.

– Ça, c'était agir en citoyen responsable », ajouta Mme Estournet d'un air pincé, trempant le bout de ses lèvres ridées dans son verre d'eau avec une grimace.

Observant discrètement le regard stupéfait de Mélanie, qui parvint tout de même à encaisser la nouvelle avec un calme apparent, il poursuivit tranquillement, sur un ton presque désinvolte :

« Eh bien ! figurez-vous ma chère que, entretemps, Clément Mialet en a tout de même profité pour s'enfuir de chez le docteur Chablais, lui dérobant au passage cinq mille francs pour mieux assurer sa fuite.

– Mon Dieu, mais que lui est-il donc arrivé, à ce garçon, pour avoir le diable pareillement chevillé au corps, aussi soudainement ? C'est à désespérer de notre jeunesse ! » s'exclama Mme Estournet avec un air outragé, accompagné de gestes désordonnés.

Abasourdie, Mélanie dut se mordre la langue pour ne pas crier au mensonge, en entendant une telle extravagance. Elle ne paraissait pas pour l'instant réaliser ce qui venait d'être dit et restait parfaitement immobile, fixant intensément son père qui caressait lentement sa longue barbe grise, comme pour mieux réfléchir à la suite de son propos.

« Je pense comme vous, mais heureusement qu'il reste tout de même quelques jeunes sur qui compter, et d'ailleurs, à ce propos, ce Julien Chablais m'a toujours plu. Quel dommage que tu ne t'entendes pas mieux avec lui, Mélanie, lança son mari en semblant enfin s'intéresser à sa présence et en la fixant tout à coup avec une intensité qui la pétrifia.

– Qui sait, il arrivera peut-être un jour où elle cessera de n'en faire qu'à sa tête ? De toute manière, ça n'est pas d'aujourd'hui qu'elle aime faire l'originale ! » ajouta Mme Estournet de façon inopportune, d'un air aigri et d'une voix de fausset qui exaspérèrent même son mari.

Ce dernier, fixant toujours Mélanie, observait attentivement le tremblement nerveux des mains de sa fille qui allait en s'accentuant au fur et à mesure de leur discussion. Décidant de franchir un pas de plus dans le jeu cruel qu'il avait engagé avec elle, il sortit négligemment de la poche de son gilet de velours côtelé la petite enveloppe bleu ciel que Mélanie avait remise à Antonin lors de son départ de Saint-Martial. Observant toujours sa fille d'un air faussement détaché, il fit alors glisser le rectangle de papier jusqu'au milieu de la table, et c'est à ce moment que la tempête, si longtemps contenue, se déchaîna enfin, libérant une colère ressassée depuis trois jours :

« Les turpitudes de ma propre fille ! s'exclama-t-il. Il faut que ce soit un lieutenant de gendarmerie qui vienne m'apprendre les turpitudes de ma propre fille ! criait-il maintenant sans retenue, sous le regard apeuré de son épouse. Pas plus tard que mercredi matin, il est venu me remettre cette enveloppe, en me disant qu'elle avait été trouvée sur Antonin, le colporteur qui a été arrêté en même temps que Clément Mialet. Ce colporteur a dit que c'est toi qui la lui aurait remise, lors de son passage à Saint-Martial, et apparemment il a eu la présence d'esprit, pour ne pas te compromettre, de dire qu'elle nous était adressée à nous, et non à Clément Mialet. Ainsi, les gendarmes n'ont pas eu l'idée de l'ouvrir et de la lire, apprenant ainsi le rôle qui a été le tien dans cette histoire. Tu peux remercier ce colporteur de sa présence d'esprit. Sans lui, tu te serais retrouvée dans de beaux draps, et surtout c'en était fait de ma candidature à la mairie. La propre fille du futur maire, mêlée à la fuite d'un insoumis ! Te rends-tu compte de tout cela ? À l'évidence, non. Tu as agi avec une légèreté intolérable et je me vois obligé de retirer la confiance que j'avais placée en toi. Je n'ai pas d'autre choix, tu en conviendras. »

Observant Mélanie qui avait pris son visage entre ses mains et pleurait doucement, accoudée sur la table, il poursuivit implacablement :

« Mais cela n'est rien comparé au contenu de cette fameuse lettre ! » tonna-t-il en cherchant vainement à croiser le regard de Mélanie, qui continuait à fixer la table, tête baissée.

Vidant nerveusement son verre de vin, il reprit, en apparence plus calme :

« J'ai été conciliant à ton égard, Mélanie, en te permettant, bien à contrecœur, de prendre cette année ce poste d'institutrice remplaçante à Saint-Martial, alors que j'aurais de loin préféré, et tu le sais, te voir construire un ménage, puis une famille. Je t'ai souvent mise en garde contre cette vie étudiante montpelliéraine, bien trop dissolue à mon goût. Et voilà que tu t'apprêtais à nous remercier à ta façon de tout ce que nous avons fait pour toi. »

Se tournant vers son épouse, il poursuivit :

« Figurez-vous que Clément Mialet avait apparemment pour projet de filer jusqu'en Tunisie, pour y trouver refuge chez son oncle. Jusque-là, me direz-vous, ce ne sont pas nos affaires, mais plutôt celles de la famille Mialet. Mais ce qui m'indispose plus, poursuivit-il en élevant à nouveau la voix, c'est que notre fille envisageait sérieusement de le rejoindre là-bas d'ici à quelques mois, imaginant pouvoir y exercer son métier d'institutrice et partager la vie de ce fuyard. Tenez, vous n'avez qu'à lire, je n'invente malheureusement rien, tout cela est écrit noir sur blanc de la main même de votre fille ! » éructa-t-il en désignant l'enveloppe d'un doigt vengeur.

Poussant de petits cris d'orfraie et enfouissant son visage entre ses mains, Mme Estournet, comme à son habitude en de pareilles circonstances, commença à pleurnicher bruyamment, agaçant immédiatement son mari, qui reprit :

« En fait, je ne sais que penser, reprit-il, l'air grave. J'ai toujours pensé que Clément Mialet, même s'il était un peu original, faisait un ami honorable pour toi, mais j'étais bien loin d'imaginer l'influence négative qu'il pouvait avoir en réalité, et surtout à mille lieues de me douter des idées saugrenues et dangereuses qu'il pouvait te fourrer dans le crâne. Imaginons une seule seconde que Clément ait réussi à se rendre chez son oncle en Tunisie, et je te vois déjà en train de nous annoncer ton départ pour aller le rejoindre. Et si encore il s'agissait d'amour véritable, cela ne serait pas plus concevable, mais du moins plus compréhensible, alors que là je ne vois que le prolongement insensé et malsain d'une camaraderie d'études qui n'a plus cours aujourd'hui. Je l'avais dit il y a quelques mois et je le répète aujourd'hui, toutes ces fadaises nous conduisent droit à la catastrophe et il est temps aujourd'hui pour toi Mélanie de te ranger et de fonder une famille. Lorsque tu seras engagée sur ce chemin-là, toutes ces chimères s'effaceront et nous pourrons alors envisager un avenir plus sérieux pour toi. Je dois t'avouer que j'ai dit au docteur Chablais tout le bien que je pensais de son attitude responsable dans cette affaire et que je lui suis reconnaissant, en remettant Clément Mialet dans le droit chemin malgré lui, d'avoir permis d'éviter que tu ne commettes une folie. Cela le rend digne d'une grande confiance de notre part, dans la mesure où il partage désormais avec nous ce secret qui aurait pu gravement porter atteinte à notre famille par ta faute. Je le considère désormais comme faisant partie du cercle de nos intimes et j'exige, à ce titre, de ta part, que tu sois désormais plus chaleureuse à son égard. D'ailleurs, il me semble qu'il te porte une affection que tu lui rends bien mal et dont tu ne sembles pas apprécier comme il se doit tout le prix. »

S'interrompant quelques secondes, il laissa planer un silence pesant, entrecoupé seulement par les pleurnichages de son épouse qui, prétextant en avoir assez entendu pour la soirée, se leva et quitta la pièce tout en continuant de se lamenter. Pendant ce temps, Mélanie s'était maintenant redressée et son visage s'était durci dans une expression de révolte. Son père ne s'y trompa pas, il savait qu'elle allait lui répondre. Levant la main pour lui signifier qu'il voulait d'abord terminer, il reprit :

« Eh bien ! voilà, les événements récents m'ont donc ouvert les yeux sur bien des choses et j'ai enfin compris que je ne peux plus agir avec faiblesse envers toi, comme je l'ai toujours fait jusqu'à présent. Cette autorisation que je t'ai donnée pour faire l'école normale à Montpellier a été le début de tous nos soucis et je regrette amèrement aujourd'hui de t'avoir cédé sur ce point. Et que dire de cette année de remplacement à l'école de Saint-Martial. Crois-tu donc que tu trouveras là-bas, au fond de ces pauvres vallées, un mari qui pourrait faire un gendre qui convienne à notre famille ? À l'évidence non, tout cela n'est pas sérieux et il faut que ça cesse. Je dois remettre un peu d'ordre dans la vie de cette maison, d'autant que, si je veux briguer un mandat de maire dès l'année prochaine, je me dois aussi d'être exemplaire sur ce plan-là aussi. La mauvaise farce que constitue cette lettre est décidément la goutte d'eau qui fait déborder le vase. À la fin de ton remplacement, tu mettras donc un terme à ta carrière d'institutrice, que cela te plaise ou non, j'en ai décidé ainsi. Puisqu'il ne nous est décidément pas possible de te faire confiance, tu reviendras ici, à la maison, le temps qu'il faudra pour que nous te trouvions nous-mêmes un avenir, puisqu'il semble que tu en sois incapable par toi-même. J'ajoute à ce sujet qu'en parlant avec Julien Chablais nous avons imaginé qu'une belle carrière pourrait s'offrir à lui s'il envisageait de s'installer à Montpellier, au lieu de perdre son temps à courir les routes de montagne. Comme tu le sais, les affaires que j'entretiens avec la toute nouvelle clinique mutualiste de Montpellier sont prospères et les sommes que j'y ai investies ont été placées là à bon escient. Ce projet de clinique moderne a été reconnu d'utilité publique par le président Poincaré au mois de février et il est venu l'inaugurer lui-même à la fin du mois de mars. Je n'aurai aucun mal à y faire rentrer Julien Chablais, qui pourrait alors élire domicile à Montpellier et y entamer une belle carrière. Bien entendu, si tu souhaitais te rapprocher de lui et aller y vivre toi aussi, je t'y autoriserais et t'en donnerais les moyens financiers, car je me sentirais rassuré en sachant qu'il veille sur toi. Réfléchis bien à cette proposition, car il me semble qu'il serait tout de même préférable pour toi de mener une telle vie à Montpellier et d'y construire un foyer, plutôt que de rester cloîtrée ici à nos côtés. »

Les deux mains posées à plat sur le plateau de bois sombre de la table, Mélanie s'était raidie et attendait patiemment la fin de la tirade paternelle pour donner sa réponse. Quand elle le vit se tasser sur sa chaise et croiser ses deux mains sur son ventre proéminent en signe de conclusion, elle sut que la parole lui était donnée et fixa alors son père droit dans les yeux, commençant d'une voix calme et déterminée :

« Puisque vous voilà informé d'une partie de toute cette histoire, je crois qu'il faut que je vous donne à mon tour quelques explications sur ce qui s'est réellement passé au cours de ces derniers jours. À vrai dire, la seule chose qui soit vraie dans ce que vous avez dit, c'est que j'ai bien rédigé cette lettre à Clément Mialet et que je l'ai effectivement remise à Antonin le colporteur. Que cela vous plaise ou non, je suis profondément attaché à l'amitié que je porte à Clément Mialet et, lorsqu'il m'a demandé de l'aider dans sa fuite, je n'ai pas imaginé une seconde que je pourrais lui refuser cette aide. La suite des événements nous a effectivement contraint à demander de l'aide à Julien Chablais et, contrairement à ce que vous dites, c'est à partir de là que l'affaire s'est considérablement gâtée. Je crois comprendre, au vu de la suite des événements, que Julien Chablais était simplement fou de jalousie à l'égard de Clément Mialet, et ce sans aucune raison. Je pressens d'ailleurs au travers de cette affaire qu'il est bien plus malade qu'il ne le paraît et que son comportement est profondément altéré par une sorte de paranoïa, qui le pousse constamment à se défier du comportement des autres et à chercher à manipuler les gens qui l'entourent pour arriver à ses fins. Quoi qu'il en soit, force est de reconnaître qu'il a bel et bien trahi Clément Mialet et que, après lui avoir promis de lui apporter son aide, il est allé le livrer aux gendarmes. Mais le pire, voyez-vous, c'est qu'il ait réussi à manipuler mon entourage, à commencer par vous en l'occurrence, jusqu'à ce que vous me proposiez vous-même un avenir tout tracé à ses côtés. Allons, faites donc un effort, prenez un peu de recul et vous vous apercevrez que vous n'avez décidé de rien dans cette affaire. Ce bel avenir que vous me proposiez il y a un instant, c'est lui qui vous l'a dicté et vous n'avez fait que l'accepter avec empressement, juste parce qu'il correspondait parfaitement à vos ambitions personnelles et à l'intérêt bien compris de vos sacro-saintes affaires. Je crois qu'il est temps que vous compreniez que les choses sont en train de changer. Un orage se lève, le tonnerre gronde chaque jour un peu plus près de nous et, demain, plus rien ne sera jamais comme avant. Aujourd'hui, vous me parlez comme à une enfant, cette enfant unique que vous n'avez jamais considérée autrement que comme une petite fille, qui se devait d'accepter celui que vous lui désigneriez un jour ; quelqu'un qui puisse simplement servir les intérêts de la famille et vous aider à tracer une route à suivre pour votre fortune, puisque aucun garçon n'était né pour la tracer lui même. Aujourd'hui, vous me présentez Julien Chablais comme cet avenir évident auquel vous voudriez me voir souscrire, alors qu'en réalité il ne s'agit que d'un aigrefin, qui a depuis longtemps remplacé tout sentiment et toute humanité par un don de la manipulation et de l'hypocrisie. Sachez en outre, pour votre gouverne, qu'il ne s'agit également que d'un vulgaire voleur, qui s'est arrangé pour s'approprier les cinq mille francs que Clément Mialet s'était vu remettre par sa mère, en vue de sa fuite pour la Tunisie, en déclarant aux gendarmes, avec un cynisme sans égal, que c'était Clément Mialet lui-même qui les lui avait volés. »

Se redressant sur sa chaise, M. Estournet manqua s'étrangler devant une telle accusation et tonna de sa grosse voix :

« Tout de même, tu vas un peu trop loin maintenant, Mélanie, on ne lance pas d'accusations aussi graves et aussi fantaisistes sans preuves !

– Je reconnais que c'est bien difficile à croire, mais c'est tout de même la vérité. Les cinq mille francs en question ont été remis à Clément Mialet par sa mère, lors de son départ précipité d'Anduze, sans que son mari ne le sache, pour aider Clément dans sa fuite vers la Tunisie. Lors de son séjour au mont Liron parmi les charbonniers, Clément a préféré les dissimuler pour ne pas se les faire voler, et lorsqu'il s'est blessé et a été redescendu par Antonin le colporteur il n'a pas pu les prendre. C'est donc ce dernier qui est remonté les chercher et qui les a redescendus à Ganges, le matin où ils ont été arrêtés tous les deux. À ce moment-là, comme vous le dites vous-même, Julien Chablais a simplement déclaré que cet argent lui avait été dérobé chez lui par Clément Mialet, lorsqu'il avait quitté son domicile. C'était habilement joué, malgré l'énormité de la chose, puisque, évidemment, la mère de Clément ne se hasardera pas à réclamer quoi que ce soit aux gendarmes, sous peine d'être immédiatement accusée de complicité dans l'insoumission de son fils et de devoir en plus fournir des explications embarrassantes à son mari. Elle préférera sans aucun doute passer cela par pertes et profits, la famille Mialet est bien assez riche pour cela. Comme vous le constatez, je ne peux être que surprise que vous me proposiez aujourd'hui de construire ce bel avenir, que vous appelez tant de vos vœux, avec un sinistre personnage de la sorte, mais ce qui me surprend le plus c'est encore que vous ayez pu croire, l'un comme l'autre, que je pourrais passivement y souscrire. »

Observant avec insistance son père qui avait fini par baisser les yeux en signe de début de capitulation, elle reprit aussitôt :

« Que vous le vouliez ou non, j'ai choisi le métier d'institutrice pour vivre une vocation, et celle-ci ne saurait être remise en cause par aucune considération matérielle. Si Clément était parvenu à se réfugier en Tunisie, j'aurais pu exercer là-bas le métier qui me passionne et je me sentais rassurée de pouvoir le faire près de Clément Mialet, qui aurait veillé sur moi là-bas, comme il a toujours veillé sur moi quand nous faisions nos études à Montpellier. Comme je vous le disais tout à l'heure, notre monde est en train de changer profondément avec le siècle qui commence. Il est déjà passé le temps où un père décidait pour sa fille de ce qui serait son bonheur et de la personne avec qui elle devrait vivre. Notre vieille famille ne survivra pas au prix de ma liberté et, si elle doit s'éteindre, elle s'éteindra et sa fortune avec. Si la guerre éclate bientôt, comme cela semble inévitable désormais, ce seront d'ailleurs des milliers de foyers qui subiront le même sort, des foyers qui ont aujourd'hui un garçon et qui n'en auront plus demain, et peut-être cela permettra-t-il de déboucher enfin sur un monde nouveau. Il n'est pas du tout sûr que l'instituteur de Saint-Martial que je remplace, M. Marget, reprenne son activité l'année prochaine. Il n'est qu'à trois ans de la retraite et, comme son état de santé nécessite de nombreux soins, il est pour le moins probable que l'académie lui trouvera un poste en ville, plus à sa convenance. J'aime profondément le métier que j'exerce désormais, et cette première semaine de classe m'a renforcée dans cette vocation. Je crois sincèrement que je vais aimer l'école de Saint-Martial et que, là ou ailleurs, ma place sera désormais au milieu des enfants de là-haut, quoi qu'il doive m'en coûter sur le plan matériel. Et puis, si cette fameuse guerre se déclare, la France aura besoin de toutes les femmes, jeunes et âgées, riches et pauvres, pour vivre au jour le jour, pendant que les hommes seront au combat. À défaut de la comprendre, pouvez-vous au moins respecter ma décision ? »

Ébranlé par les révélations de sa fille à propos de Julien Chablais et sincèrement touché par la franchise avec laquelle elle venait de s'adresser à lui,

M. Estournet se racla plusieurs fois la gorge avant de reprendre, d'une voix éraillée :

« Même si, bien sûr, je te crois, je n'ose penser que ce que tu me dis à propos de Julien Chablais est la simple vérité et qu'il n'existe pas une autre explication à tout cela, qui nous échapperait et rendrait moins noire la réalité. Mais en tout cas, c'est extrêmement grave et je comprends dès lors que tu ne souhaites pas t'engager plus avant avec lui. En revanche, je continue à ne pas comprendre ton entêtement à exercer ce métier d'institutrice alors que la fortune de notre maison nous permettrait de te mettre à l'abri du besoin pour le restant de tes jours, ici ou à l'endroit que tu choisirais pour vivre. Il n'est pas un jour où je ne pense au fait que notre avenir ne passe que par toi et que, si tu renonçais à l'assurer, le travail accompli par des générations d'Estournet n'aurait servi à rien et ne déboucherait que sur le démantèlement de notre fortune. C'est pourquoi je t'en conjure une dernière fois, Mélanie, j'ai sincèrement cru que Julien Chablais pourrait constituer un bon parti pour toi, et c'est pourquoi j'ai tout fait pour rendre possible ton avenir avec lui. Oublions cela, mais au moins, je t'en conjure, fais en sorte de te mettre dans une situation où tu pourrais constituer un bon parti pour un garçon de bonne famille, avec qui vous pourriez fonder un foyer. C'est tout de même là une prière bien légitime pour un père auprès de sa fille, n'en conviens-tu pas ? »

Adoucissant tout à coup son regard, elle regarda son père comme elle ne l'avait pas regardé depuis longtemps, dans un mélange de pitié et de tendresse :

« Pouvoir vous donner une ribambelle de petits-enfants est mon vœu le plus cher et je serais même heureuse de les voir tirer sur votre barbe, ajouta-t-elle en éclairant son visage d'un sourire qui fit fondre son père, mais comme à votre habitude vous mettez tout à l'envers, pour que cela convienne mieux à votre main et vous voudriez que je trouve d'abord quelqu'un qui convienne à vos affaires, avant de pouvoir me convenir à moi. Vous êtes décidément incorrigible et vous n'arriverez donc jamais à comprendre que c'est précisément ce qui risque de changer dans les temps qui viennent, si durs soient-ils. Regardez donc ce qui se passe autour de vous ; pas plus tard qu'au mois de juin dernier a été votée une loi qui prévoit un repos et une indemnité pour les femmes enceintes. Vous qui vous piquez de politique, ne voyez-vous pas là le signe d'un profond changement ? Quelle reconnaissance pour les femmes au travail, ne trouvez-vous pas ? Alors, je vous en conjure, laissez-moi vivre la vie que j'ai choisie, cela ne vous empêchera en rien de mener la vôtre à votre guise, et la paix que nous y trouverons tous les deux ne pourra nous rendre que plus forts. Au cours de ces deux dernières semaines, les circonstances exceptionnelles auxquelles nous avons été confrontés m'ont permis de mieux comprendre ce que je voulais faire de ma vie. Je sais aujourd'hui qu'exercer mon métier dans le haut des vallées, parmi toutes ces petites filles et ces petits garçons de la montagne, est ce que je désire le plus au monde. Je sens déjà que, bien que leur vie soit déjà heureuse, ils ont besoin de ce travail que l'école primaire leur réclame et qui seul leur permettra un jour d'être respectés de tous. Je sens que je peux leur apporter beaucoup de choses par ma simple présence là-haut, tous les jours dans l'école, en exerçant mon métier d'institutrice. Je pressens aussi, comme je vous le disais, que si la guerre éclate ils auront encore plus besoin de moi pour les soutenir dans les épreuves qui les attendent dans leurs familles. Pour toutes ces raisons, et avec beaucoup de respect, je me dois de vous dire que je n'irai pas vivre à Montpellier et que je ne me cloîtrerai pas non plus ici, à perdre mon temps en mondanités, en attendant que l'on veuille bien me tracer un avenir. Je vous supplie de me comprendre en tout cela et de ne pas vous fâcher de mes choix. »

S'interrompant, Mélanie regarda son père, si sûr de lui à l'habitude, promener longuement son regard sur les murs de la salle à manger, puis fixer, comme hypnotisé, la silhouette dansante de la flamme de la lampe à pétrole. Après un long silence, il se leva sans un mot et fit le tour de la table, jusqu'à passer derrière la chaise où Mélanie se trouvait toujours assise. Alors, doucement, il posa ses grosses mains sur ses épaules frêles et reprit, presque à voix basse :

« Tu feras ce que bon te semble, ma fille. Tu en as décidé ainsi et je crois que j'ai toujours su que je ne pourrai pas t'en empêcher, même si j'ai essayé, car j'estime que c'était là mon rôle de père. Je te souhaite donc bonne chance pour la suite de ta carrière et je t'avoue surtout que je suis rassuré de te savoir à Saint-Martial, plutôt que de devoir supporter tous les jours l'idée que tu es si loin de nous en Tunisie. D'ailleurs, je voudrais que tu me dises en toute franchise : serais-tu réellement partie exercer ton métier d'institutrice en Tunisie, si Clément Mialet avait réussi à s'enfuir jusque là-bas ?

– Sans aucun doute, répondit-elle calmement, rejetant la tête en arrière pour croiser le regard de son père.

– Alors, je suis heureux que tout cela se termine ainsi et que tu restes parmi nous », lâcha-t-il, les yeux embués.

Il effleura doucement le menton de Mélanie du bout des doigts en signe d'affection, comme il ne l'avait pas fait depuis bien longtemps, puis sa silhouette massive s'effaça silencieusement derrière la porte menant aux chambres à coucher, la laissant seule devant la longue table maintenant déserte, comme s'il venait de disparaître définitivement de la scène, aspiré par un passé révolu auquel il appartenait déjà.

Ne laissant rien paraître de la force des sentiments qui s'agitaient en elle, Mélanie continuait à regarder fixement par la fenêtre le ciel noir, encombré de gros nuages de pluie venus de la mer et qui, poussés par un vent marin tempétueux, ne tarderaient pas à aller s'écraser en trombes d'eau sur les pentes des montagnes cévenoles. À l'inverse de son père, l'échange qui venait d'avoir lieu, pour si pénible qu'il fût, avait éveillé tous ses sens et elle se sentait naître à quelque chose de nouveau, auquel elle venait d'accéder par le simple fait d'affirmer sa volonté. Elle en éprouvait un sentiment de force et de plénitude et elle se jura que, désormais, elle tracerait seule les lignes de son avenir.

Remarquant alors, à la place laissée vide par son père, un numéro de *L'Éclair* du jour sur lequel il était question de Tunisie en première page, elle contourna la longue table pour satisfaire sa curiosité. En une de celui-ci, elle vit d'abord inscrit en gros caractères le nom de Roland Garros, qui ne lui dit rien *a priori*. Puis, poursuivant sa lecture, elle y apprit que le 23 septembre ce Roland Garros était devenu le premier homme à traverser la Méditerranée en avion, sur son Morane-Saulnier, mettant sept heures et cinquante-trois minutes pour franchir les sept cent trente kilomètres séparant les villes de Saint-Raphaël et de Bizerte.

Elle leva alors la tête, laissa errer son regard sur le plafond et un sourire triste se dessina sur ses lèvres, lorsqu'elle pensa que cet homme venait de réaliser en si peu de temps le rêve de Clément Mialet.

D'un geste las, elle ramassa le journal sur la table et le serra contre elle avant de monter dans sa chambre d'un pas traînant.

Épilogue

Le destin des âmes

Les vrais vaincus de la guerre, ce sont les morts.

Ernest RENAN

Saint-Martial, le samedi 1er août 1914, en début d'après-midi

APRÈS AVOIR DE BON MATIN nettoyé les salles de classe, maintenant que les enfants étaient enfin rentrés chez eux, après la fin de l'année scolaire, Mélanie, assise sous les marronniers de la cour de l'école, triait avec application les vieux livres scolaires de l'école, s'efforçant de réparer au mieux les plus anciens d'entre eux, avant que de nouvelles petites mains ne viennent les feuilleter à la prochaine rentrée. Avec un sourire amusé, elle contemplait les immanquables taches violettes que portaient certains, témoins implacables de la maladresse des plus petits dans l'utilisation de la plume « sergent-major ».

Regardant à l'horizon la ligne bleutée des montagnes qui bouchaient l'horizon s'encombrer de nuages menaçants, elle s'interrompit un instant, repassant dans sa mémoire les moments les plus forts de cette année scolaire, qui lui avait montré à quel point son choix de rester à l'école de Saint-Martial était le bon et à quel point tout cela correspondait pour elle à une profonde vocation. Puis, écrasée de chaleur, elle interrompit son ouvrage et rentra à l'intérieur dans ses appartements chercher un peu de fraîcheur.

Versant dans une bassine émaillée l'eau fraîche du broc, elle s'aspergea le visage, desserra un peu le lacet de son corsage et entra dans sa chambre à coucher ou elle s'étendit sur le lit pour essayer de trouver un peu de repos durant les heures les plus chaudes. Ouvrant le tiroir de sa table de nuit, elle en tira avec précaution une pile de correspondances serrées par un beau ruban jaune. Lentement, elle en défit le nœud et étala les enveloppes sur le lit. Sans hésitation, elle en piocha deux avec délicatesse et les posa contre sa poitrine puis, les yeux au plafond, elle commença à pleurer doucement avant de les relire pour la centième fois.

La première était une carte postale représentant au recto de grandes montagnes enneigées. Au verso y était inscrit d'une grosse écriture maladroite :

Gap, le jeudi 6 novembre 1913,

Mademoiselle Estournet,

Comme vous devez le savoir maintenant, j'ai dû quitter Ganges dans la précipitation, à cause des événements qui concernaient Clément Mialet et du docteur Chablais qui nous a dénoncés aux gendarmes.

J'ai donc repris la route et je suis maintenant arrivé dans les Alpes, où les vallées sont tellement grandes qu'on y manque toujours de colporteurs.

Je ne vous en veux pas pour tout ça et je garde un très bon souvenir de vous.

Antonin

Posant délicatement la carte à son côté sur le drap blanc, elle sortit un mouchoir de sa manche et s'essuya les yeux et le front. Puis elle se saisit de la seconde enveloppe, dont elle sortit une lettre impeccablement pliée en quatre, ainsi qu'une coupure de journal :

Nancy le lundi 22 décembre 1913,

Ma très chère Mélanie,

Je te remercie du fond du cœur pour la touchante attention que tu as eue, en me faisant parvenir un si beau colis à l'approche des fêtes de Noël, et aujourd'hui est aussi un jour de bonheur, puisque je peux enfin te répondre pour te donner de mes nouvelles.

Depuis mon arrivée, j'ai dû supporter bien des brimades, aussi bien de la part des militaires de métier que de mes camarades conscrits, alors que depuis trois mois je suis enfermé entre quatre murs avec pour tout horizon un petit coin de ciel toujours gris et que le froid ne me quitte plus maintenant.

Ma seule consolation reste de savoir qu'ils sont de plus en plus nombreux, dans toute la France, à refuser la fatalité de la guerre, ne craignant pas l'insoumission pour faire triompher les idées pacifistes de Jaurès. Nous sommes sept dans ce cas, rien que dans la caserne.

Je compte les jours l'un après l'autre. Il y a des jours où je me lamente du manque de chance qui m'a fait échouer et d'autres où je me dis que cela aurait pu beaucoup plus mal finir. J'ai appris au cours de mon transfert à Nancy, par les gendarmes qui m'escortaient, la vérité sur les conditions de mon arrestation et sur la trahison de Julien Chablais ; je t'avoue que c'est ce qui m'a fait le plus souffrir. Aujourd'hui encore, j'ai de la peine à accepter l'évidence, tant celle-ci m'est incompréhensible et tant je ne parviens pas à comprendre ce qui a pu le pousser à me trahir ainsi. Pour échapper à cette souffrance, je m'allonge sur la paillasse et je passe des heures à me remémorer nos plus belles heures, notamment celles où nous étions tous deux étudiants à Montpellier. Ensuite, j'essaie de t'imaginer à Saint-Martial, en institutrice, faisant la classe à tous ces enfants dont tu rêvais quand tu me parlais de ta vocation de l'enseignement. Comme tu le vois, même aussi loin de moi, tu restes quand même à mes côtés.

Je me demande souvent ce qu'il est advenu de ce pauvre Antonin qui s'est trouvé mêlé à notre histoire bien malgré lui. As-tu des nouvelles de lui ?

J'attends bien sûr de te lire avec impatience, mais je ne sais pas encore si, une fois passé le régime de faveur des fêtes de fin d'année, je pourrais encore recevoir et adresser du courrier.

En attendant, je t'embrasse bien fort,

Clément

Reposant à son tour la deuxième lettre à côté d'elle, Mélanie ne put s'empêcher, comme elle le faisait souvent, de céder au plaisir de se remémorer les événements du mois de septembre 1913, au cours desquels sa vie avait été si près de basculer. Les yeux perdus dans les méandres des craquelures du plafond jauni de sa chambre, elle laissait maintenant son esprit vagabonder entre le mont Liron, l'école normale de Montpellier et les rues de Ganges, alors que le sommeil commençait lentement à l'envahir.

D'abord très lointaine, elle perçut alors une sorte de rumeur qui semblait envahir le village, pourtant habituellement désert à cette heure par ces fortes chaleurs. Montant des rues, de la place de l'église, elle entendait plus distinctement des cris d'excitation, maintenant accompagnés par le tintement grave de la cloche de l'église, sonnant le glas. Ouvrant les volets, elle fut tout d'abord éblouie par la lumière blanche du ciel laiteux qui inonda la chambre et la frappa au visage. Puis elle distingua, en contrebas de l'école, courant au hasard des rues du village, des enfants qui criaient à tue-tête. Çà et là, de petits groupes d'hommes se formaient spontanément, semblant tenir des discussions animées. Comprenant rapidement qu'un événement important venait de se produire, Mélanie improvisa à la hâte un chignon et sortit précipitamment de l'école en réajustant sa tenue.

Elle descendit alors l'étroite ruelle pavée qui permettait de descendre directement depuis l'école jusqu'au centre du village et, débouchant juste à côté du café, tomba nez à nez avec Abel, dérangé lui aussi pendant sa sieste :

« Ce coup-ci ça y est, lui dit-il, le regard empreint de gravité.

– C'est la guerre ? lui demanda Mélanie sans illusion, tant les événements de ces dernières semaines ne laissaient planer aucun doute sur l'imminence du début des hostilités.

– Et la grande guerre même ! » lui répondit-il avec une lueur d'angoisse dans le regard.

Restant tous deux comme pétrifiés, ils regardèrent durant un moment les enfants joyeux jouer aux soldats, se poursuivant dans les rues et improvisant des bagarres au-devant des portes. Puis, très rapidement, le café commença à se remplir et la plupart des hommes présents au village y entamèrent des conversations enflammées sur la mobilisation générale, qui allait contraindre la plupart, dans les jours suivants, à abandonner leur famille et leur mas pour partir au front.

Abel dut alors rejoindre son comptoir et Mélanie en profita pour s'éclipser et remonter à l'école, alors que la sinistre affiche informant de la mobilisation générale était clouée sur le tronc du platane de la place par le garde champêtre. L'atmosphère de plus en lourde, au fur et à mesure que l'après-midi avançait, commençait à la faire suffoquer. Un vent d'orage se levait et remontait en bourrasques la ruelle, la poussant dans le dos comme pour l'obliger à regagner au plus vite l'école.

Maintenant, elle entendait distinctement les cris des hommes et le piaillement des enfants qui montaient du village, alors que le vent avait encore forci et que les gros nuages noirs qui s'étaient lentement formés depuis le matin se soudaient brusquement en un plafond mouvant qui s'assombrissait rapidement.

Parvenue dans la cour, elle resta immobile sur le perron de l'entrée, ayant le sentiment de vivre un moment d'exception, comme si le temps, soudain suspendu, faisait durer pour quelques instants encore la fin d'une époque. C'est alors que le craquement du tonnerre lui fit instinctivement baisser la tête et qu'elle vit distinctement la zébrure d'un éclair blanc traverser le ciel et s'abattre sur les pentes du mont Liron, faisant trembler toute la montagne.

Fermant les yeux et tendant vers le ciel ses mains ouvertes, elle reçut avec soulagement les premières grosses gouttes de pluie qui atténuèrent un peu la fièvre qui brûlait son front. Immobile, elle voyait maintenant défiler devant ses yeux des ombres inquiétantes, qu'elle ne parvenait pas à identifier et qui disparaissaient aussitôt, comme happées par le néant.

Pour les dissiper, elle rentra dans la salle de classe, alors que le ciel déversait maintenant des trombes d'eau, et parcourant les allées de la classe entre les petits bureaux elle se dit que sa guerre se déroulerait ici, parmi les enfants qui, au cours des prochains mois, allaient tant avoir besoin d'elle.

Achevé à Saint-Gély-du-Fesc le 20 août 2007

Clément Mialet (1890-1914)

Incorporé de force dans son régiment à Nancy le 25 septembre 1913, il y fut immédiatement condamné à un an de prison pour insoumission, avec six autres jeunes hommes dans son cas.

Libéré par anticipation au début du mois d'août 1914 pour participer à la mobilisation générale, il fut aussitôt envoyé sur le front de Lorraine. Faisant l'objet de brimades incessantes de la part de ses camarades et des gradés de son unité à cause de son statut d'insoumis, il y connut un calvaire quotidien et vécut totalement isolé ses premières semaines de guerre, qui l'ébranlèrent au plus profond de lui-même.

Grièvement blessé au ventre et aux jambes par un obus, le 6 septembre, lors des combats autour du village de Sainte-Geneviève, alors qu'il cherchait à se mettre à l'abri, il est admis à l'hôpital militaire de Nancy, où il mourut quatre jours plus tard.

Mélanie Estournet (1888-1979)

Elle demeura toujours fidèle à sa vocation d'institutrice.

Pendant les années de guerre, elle resta à l'école de Saint-Martial, vivant au côté des enfants et de leurs familles le drame de la mort des hommes au combat, à commencer par celle de Clément Mialet, au tout début de la guerre.

Elle y fut en poste jusqu'en 1919, participant à la résurrection du village durant les premiers mois de paix et héritant à ce moment-là de la fortune familiale.

Partagée entre sa vocation d'institutrice et ses rêves d'ailleurs, elle se décida alors à partir en Tunisie, où elle enseigna durant plus de trente ans, jusqu'à l'indépendance en 1956, réalisant ainsi, à sa façon, le rêve de Clément Mialet.

Durant toutes ces années, elle ne cessa, en parallèle, de consacrer sa fortune à aider financièrement les institutions de charité, auprès desquelles elle donna par ailleurs tout son temps libre.

Revenant à Ganges, à l'indépendance, dans la maison familiale qu'elle avait conservée, elle y coula une retraite paisible, avant d'être hébergée et soignée durant quelques mois au couvent des Dominicaines où elle s'est éteinte paisiblement un soir de grand vent du sud, le 8 novembre 1979.

Julien Chablais (1881-1919)

Le docteur Julien Chablais fut mobilisé au mois d'août 1914, en tant que médecin des armées et affecté à l'hôpital militaire de Chaumont, dans le département de la Haute-Marne.

Lors d'une campagne de soins des blessés sur le front, il fut lui-même victime du bombardement de son convoi sanitaire en rase campagne, le 24 avril 1915, lors de la bataille d'Ypres, en transportant des soldats canadiens gazés.

Gravement blessé à la tête, il resta plusieurs jours dans le coma et subit une lourde trépanation dans des conditions très sommaires. Après une très longue convalescence, en partie paralysé et présentant des troubles mentaux, il fut déclaré inapte à poursuivre son service de médecin des armées et sombra rapidement dans une profonde dépression.

Rapatrié à Sumène, il tenta en vain de reprendre contact avec Mélanie Estournet, qui le traita avec la plus grande dureté, malgré son état.

Atteint alors de délires paranoïaques violents, il fut interné au nouvel hôpital psychiatrique de la Colombière à Montpellier, où il décéda le 6 mai 1919, au cours d'une crise plus violente que les autres.

M. Estournet (1849-1919)
Mme Estournet (1856-1919)

Désespérés de voir leur fille suivre la voie qu'elle s'était fixée, en se désintéressant des affaires familiales et sans tenir compte de leurs aspirations, M. et Mme Estournet vécurent en spectateurs les années noires de la guerre.

Toujours aussi clairvoyant, M. Estournet sut anticiper le déclin du négoce de la soie et augmenta sa fortune en misant tout sur la clinique mutualiste de Montpellier, qui connut un développement considérable. Mais à son grand regret, il ne sut jamais intéresser Mélanie à ses affaires et celle-ci en resta consciencieusement à l'écart, rendant vaine cette belle réussite financière.

Mélanie évita aussi de plus en plus la maison familiale, préférant ne pas y côtoyer sa mère, désormais acariâtre et revêche, avec qui elle ne pouvait plus rien partager de sa nouvelle vie sans que cela ne dégénère aussitôt en drame familial que son père se montrait tout à fait incapable d'arbitrer.

La terrible épidémie de grippe espagnole de l'hiver 1918-1919 faucha M. et Mme Estournet, à quelques jours d'intervalle, lors des jours de grand froid de la fin du mois de janvier, laissant Mélanie unique héritière de leur fortune.

Le jeune lieutenant de gendarmerie (1886-1914)

Mobilisé lui aussi en août 1914, il fut tué dès le 5 septembre, dans le premier assaut de la bataille de la Marne, juste au moment où il sortit de sa tranchée à la tête de sa compagnie, sans même avoir tiré un coup de feu, ni encore vu un seul ennemi.

Abel, le cafetier de Saint-Martial (1859-1924)

Il apprit avec tristesse le départ d'Antonin et en resta inconsolable, ne se pardonnant jamais de l'avoir lâché le soir où il avait chassé Clément Mialet. Jour après jour, il vécut depuis son café la souffrance intolérable des familles apprenant par une simple lettre la mort d'un père, d'un frère ou d'un fils. Il vit même son ami le vieux facteur se suicider d'un coup de son fusil de chasse, pour ne plus jamais avoir à être le messager maudit, après avoir annoncé dans la même semaine à une famille la mort du père et la disparition du fils. Avec la fin de la guerre, le soulagement n'arriva pas et il devint l'un des premiers témoins du début de l'agonie des Cévennes saignées à blanc par les batailles. Il tenta de se relever courageusement, mais connut l'exode de ses enfants vers la ville. Atteint au plus profond de lui-même, il mourut d'une attaque un soir de l'automne 1924, montant d'un pas lourd l'escalier conduisant à sa chambre, dans le remords de n'avoir jamais pu renouer avec son ami Antonin.

Les charbonniers du Liron

Encore prospère durant les hivers rigoureux de la guerre où le combustible urbain venait à manquer régulièrement, l'activité des charbonniers des bois régressa considérablement au cours des années qui suivirent le retour de la paix, jusqu'à disparaître bientôt complètement au profit de la production minière de charbon.

Une fois les hommes partis, ne subsistèrent alors plus sur les pentes du Liron et dans la forêt de fayards que des taches sombres persistantes, que ni la pluie, ni le vent, ni la neige n'arrivèrent à effacer dans les premières années et que seul le temps parvint à enfouir dans la mémoire cévenole, laissant le mont Liron vierge de toute présencc humaine durable.

Antonin (1861-1922)

Après avoir quitté Ganges précipitamment, trop heureux d'échapper à des poursuites judiciaires, il continua son aventure de colporteur qui le conduisit jusque dans les Alpes, dans les vallées autour de Gap.

Les années de guerre furent en fait pour lui des années grasses, beaucoup de colporteurs plus jeunes ayant été mobilisés.

Continuant à vendre son bric-à-brac au fond des vallées, à des montagnards l'attendant toujours avec impatience, il colporta aussi bien durant les quatre années de guerre les nouvelles du front que les nombreuses histoires qui lui valurent, une nouvelle fois, une solide réputation de « batarel ».

Il ne revint jamais en Cévennes et, comme beaucoup de colporteurs, mourut au bord du chemin sans que nul ne sache jamais de quoi, le 8 novembre 1922, alors que tombait déjà à gros flocons la première neige de l'hiver.

Il s'éteignit donc en même temps que la profession de colporteur, dont il fut l'un des derniers représentants, et qui donna naissance aux marchands ambulants qui commencèrent alors à sillonner les campagnes.

Table des matières

Chez le même éditeur

Sagas familiales et destins singuliers sont au cœur des romans De Borée. Découvrez-les sans plus attendre.

ANGLADE Jean
Le Chien du Seigneur

AUCOUTURIER Alain
Aux innocents les mains pleines
La Mère-Nuit
Le Besacier
Le Bon Dieu dans les orties

AUDIDIER Robert
Les Sentiers de traverse
Le Voyage de Pierre Angibaud

AUJOULAT Noël
Le Village perdu

BARBET Jean-Louis
Le Chocolat des temps amers

BARDOT Thierry
Le Hameau des Tailles

BARTHOMEUF Georges,
ROUZAIRE Roger
Le Prix de la terre

BÉLARD Paul
Moissons d'enfance
La Ferme aux écrevisses

BÉNÉ Robert
La Belle Virginie
La Belle Marguerite
La Belle Mathilde
Le Trésor d'Alpaïde
La Belle du Saint-Laurent

BERTHÈS Colette
La Mémoire des chemins

BESSON PIERRE
Un pâtre du Cantal

BOBÈCHE Adrien
La Fille de la meunière
Les Confitures du haut de l'armoire
Au vent des brandes

BORMANN Christian
Les Coulées douces

BOSQUET Roland
Les Yeux de Chloé

BOUCHARDY Christian
Le Fugitif de la Saint-Jean

BOUCHET Maurice
La Pierre au mercier
Le Chêne foudroyé
La Fille du pertuis
Là où disparaît le torrent

BOUDOU Josette
Les Grillons du fournil
La Maison d'école
Marie, fille des montagnes
Les Chemins de toile

BRIAND Charles
Le Foulard de l'aviateur

BUICHE Jean-Pierre
Une petite âme

CALLEROT Geneviève
Treize grains de maïs

CAPPEAU Marie Nicole
La Mule blanche
Chantemerle
Désacœur

CASTELAIN Anne-Marie
Le Loup du marais
Les Amours de Louise
La Promesse
Le Passant de l'été

CHALAYER Maurice
Les Promesses du haut pays
La Paix des collines
Un buisson d'aubépine
Le Secret de Jean

CHATRY Colette
Les Rubans roses

COGNÉRAS François
La Mémoire engloutie

COLLIN Yvon
L'Écorce amère

COSEM Michel
Justine et les loups

COSMOS Jean
La Dictée

DEMURE Jean-Paul
Les Rosiers de la rue Vermenouze

DRAVAINE Claude
Le Grand Domaine

DUHAMEAU Jacques
Le Vent du Peyradoux

DUPUY Daniel
Fontcouverte
Les quatre jeudis

FABRE François, RICHARD Jean
La Bête du Gévaudan

FABRE Jean-Luc
Le Colporteur des âmes

FARINELLI Bernard
Terre-Dieu

FRONTENAC Yvette
Les Années châtaignes
La Soupe des autres
Les Années chantepleure

GALLOIS Christiane
La Clairière aux genêts
Nanou, les doigts pleins d'encre

GAMARRA Pierre
Le Maître d'école

GIMBERT Yveline
La Méprise
L'Ombre des chênes

GONZALÈS Daniel
La Demoiselle du port

JAILLER Isabelle
La Ferme des hautes terres

JUBIEN Aurélie
Un jour d'octobre

JUDENNE Roger
Drôle de moisson
Les Terres brunes
Les Bons Jours
Une vie de dimanche
Louison la douce

LABORIE Christian
L'Arbre à pain
L'Appel des drailles
Les Drailles oubliées
Le Secret des Terres Blanches
L'Arbre d'or
Le Saut-du-Loup

LAVARENNE Michelle
La Belle Vie d'Anna

LAVISSE Suzanne
Le P'tit Louis de la loge

LEDOUX Ivan
La Guerre des marrons

LEMAIRE Philippe
Les Vendanges de Lison
Le Chemin de poussière
La Belle absente
La Soureillade

MALLOUET Jacques
Années vertes, années noires
Japperenard

MICHELIN Yves
L'Héritage trahi

NAVARRO Christine
Le Bonheur en été
L'Échappée belle

NEGRI (DE) Gérard
La Brûlure des pierres

PALET (DE) Marie
Les Terres bleues
La Demoiselle
Retour à la terre
Tistou
Mademoiselle Fine
Amandine
Céline, une vie toute simple

PECOU Raymond
Allée des Alyscamps

PERRÈVE Paul
La Pierre levée
La Burle

PERROT Philippe
Les Pommiers sauvages

PICCINO Sylviane
Les Sabots de peine

PINCE Jacques
Tustou et Marie
Les Premiers Sillons
Les Blouses grises
Le Goût du blé
La Vengeance de Bogis

PLAIT Annie
Les Longues Saisons

PONTY Monique
Un orage dans la tête

PUIJALON Bernadette
L'Œil du vivier
Un parfum de gentiane
L'Heure de l'alouette
Des monts de tempête

QUEREILLAHC Jean-Louis
Trois sillons de terre rouge

RIPERT Pierre
Le Temps d'un été

ROCHE Florence
Des monts de résistance

ROYER Roger
La Colombière
La Colline des Maures

SABOURIN Pierre
La Terre des coteaux
Le Boulanger de Saint-Laurent

SAND George
La Ville noire
Jean de la Roche
La Mare au Diable
Le Péché de monsieur Antoine (tomes I, II)
Le Marquis de Villemer
François le Champi
Le Compagnon du Tour de France (tomes I, II)

SOYEZ Jean-Marc
La Vigne à Saint-Romain
Le Bonheur selon Félisse
Les Galoches de Julia
La Ramandeuse
Julia

STEVENSON Robert Louis
Voyages avec un âne dans les Cévennes

TAMAIN Louis
L'Encre violette
Le Renard
Le Temps de l'école – L'Encre violette
Médecin de campagne – L'Encre violette

TESSIER Colette
Les Carnets noirs

THOULON-LANGUET Michèle
Le Tablier bleu

TOUATI Claude-Rose et Lucien-Guy
Une maison dans les herbes

VAISSIÈRE Marie-Louise
Marie, fille de cocagne

VALETTE Paule
Les Feuilles du pêcher

VÉDRINES Jean-Pierre
Un jour d'orage
Froides Vendanges
Marie des vignes
Soleil de femmes

VERDIER Henri
La Fille du bénitier

VERRIER Michel
La Ferme des Pitaval

VINCENT Claude
Les Roses de l'hiver
La Révolte du père

VITTÉ Louis-Olivier
La Vallée des illusions